2001년 2월 22일의 나에게

모순과 비밀들

지 은 이 안이나

1판 1쇄 발행 2020년 7월 10일

저작권자 안이나

발 행 처 하움출판사
발 행 인 문현광
교   정 김은성
편   집 홍새솔
주   소 전라북도 군산시 축동안3길 20, 2층 하움출판사
I S B N 979-11-6440-165-9

홈페이지 http://haum.kr/
이 메 일 haum1000@naver.com

좋은 책을 만들겠습니다.
하움출판사는 독자 여러분의 의견에 항상 귀 기울이고 있습니다.

모순과 비밀들

어느
결혼
이야기

차
례

제1장 crack

제2장 pain

제3장 flee or flea

제1장 crack [kræk]

① 동사, 갈라지다, 금이 가다, 깨지다
② 명사, 무엇이 갈라져 생긴 금

1. 진부한, 생소하고도 진부한

저 사람은 내 남편 학생의 남편이다.

두 남녀가 호텔 로비 옆 카페에 앉아있다. 너무 진부한가? 남편이 있으니 나는 여성이고, 나를 마주하고 앉아있는 저 남자가 나의 남편이 지도하는 학생의 남편이니 그 학생은 여학생일 테지.

적어도 대한민국에서 21세기 초반까지는 그렇게 유추해도 썩 틀렸다고할 수 없다. 어느 순간 남편은 남성이고, 아내는 여성이라는 틀이 모두에게 쉽사리 깨지기 전까지는 말이다. 언젠가는 깨지는 날이 올 것이다. 틀림없이 그런 날도 그리 멀지는 않은 듯싶다. 어쩌면 아주 가까운지도.

요즘 내 아들은 소수자의 권리에 민감하다. 자기 아빠가 저녁식사 후에 무심코 돌리던 텔레비전 토크쇼에서 게이들을 발견하고는 '새끼'라고 표현하는 것을 듣고 그날부터, 매일 밤 잠들기 전에 드리던 가정예배를 거부한 지 거의 일주일째다. 사실 이런 표현도 진부하다. 정확하게는 5일째다.

"이렇게 나와 주셔서 기쁘다고 하면 너무 뻔한 멘트겠죠?"

그의 목소리가 고막에 닿았다. 가벼운 미소를 담은, 그러나 묵직한 저음. 달콤한 목소리다. 오, 역시 진부한 표현. 지금 내 머리에서 심장이 두근거리지만 않는다면 이건 한숨이 나올 만큼 진부한 상황이다.

"먼저 연락을 주셔서…"

목소리가 갈라졌다. 가벼운 기침을 시도했지만 숨이 막히기만 했다. 내가 지금 여기에 왜 와있지? 너무나 화가 난다. 왜 내가 지금 여기에 와 있는 거야?

"최서경 학생 일로 만나자고 하시는 줄 알고…"

그 이름을 내 목소리로 듣고 나자 엉켰던 나의 호흡이 가지런해졌다.

남편의 모든 학생들의 이름은 성과 이름을 함께 붙여 부른다. 그리고 반드시 '학생'이라는 호칭을 덧붙인다. 수백, 수천의 학생들 중 같은 이름, 비슷한 이름의 학생들을 구분하기 위해서, 그리고 대화의 주제가 학생인지 동료교수인지를 구분하기 위해 그동안 남편과 대화하면서 자연스럽게 생겨난 방식이다.

그러나 양 대표에겐 자기 아내의 이름을 그런 식으로 듣는 것이 생소했던가 보다. 잠시 동안 이어진 그의 침묵을 내가 그렇게 해석하고 있는 동안 곧 그 음성이 굳건해 보였던 내 방패막이를 걷어냈다.

"아니라는 거 알고 오셨잖아요. 순진한 교수 사모님 연기라면 소질 없어 보이시는데…"

이번엔 그도 역시 말줄임표를 사용했다. 내게는 말줄임표를 더 이상 사용하지 말라는 간접적인 지시처럼 들렸다.

"양 대표님, 전 솔직히 불편하고 부담스럽습니다. 그동안의 호의를 생각해서, 이런 말씀을, 그러니까 전화로 거절하는 것은 실례일 것 같아, 그래서 만나 뵙고 말씀드리려고 나왔어요."

"오호? 저를 만나러 나오시는 것을 거절하기 위해 직접 만나러 나오셨다고요? 그건 이나 씨의 문학적 모순인가요?"

어질. 결혼 이후 잘 듣지 못한 내 이름을, 그것도 남편이 아닌 다른 남자의 목소리로 듣고 생소해진 나의 뇌는 그 음소들이 지닌 의미를 해석해내지 못하고 있었다.

그의 말을 담은 글자 그대로의 뜻은 분명 무례했지만 그 말을 담은 목소리는 너무나도 매혹적이었다. 그는 자신의 멋진 목소리를 어떻게 사용해야 하는지 완벽하게 알고 있었고 지금은 나를 꼼짝 못 하게 묶어 두기로 한 모양이다.

이런, 그러고 보니 이걸 잊고 있었다니… 그와 마주 앉기 전까지도 그의 눈만 마주치지 않으면 될 줄 알았다. 그 강렬한 눈빛만 상대하지 않으면. 하지만 그에게 낮고 부드러운 목소리라는 또 다른 매력적인 무기가 있다는 것을 까맣게 잊고 있었구나!

달그락거리는 소리를 내며 커피가 눈앞에 나타났다. 언제 커피를 주문했지? 내가 주문을 했던가?

익숙한 커피 향이 코끝에 날아왔다. 고급스러운 커피 잔에 담긴 그저 그런 향의 커피가 검은 표면 위로 내 얼굴을 비추었다. 양손으로 쥔 커피 잔을 조심스레 돌리자 곧 검은 표면이 그의 얼굴을 훔쳐 왔다.

흠칫 놀란 손끝이 떨리면서 찰랑거리던 커피 한 줄기가 컵의 경계선을 넘는다. 살짝 흐른 뜨거운 커피가 손가락 사이에 붉은 줄을 낸다. 결혼반지 위로 흐르는 붉은 커피. 언제부터인가 끼지 않다가 오늘은 무슨 일이 있어도 끼고 나가겠다고 어제저녁 일부러 찾아 깨끗이 닦아 끼운 반지가 당황스럽게 반짝였다.

눈앞에 다가온 종이냅킨을 쥐고 있는 길고 하얀 손가락을 알아채곤 심장 박동이 빨라졌다. 경계를 더 날카롭게 세우기 위해 이번에는 당당하게 고개를 든 내 눈에 그의 얼굴이 들어왔다. 반짝이는 날카로운 눈빛. 덫을 놓고 바라보는 사냥꾼의.

우리가 처음 만났던 날, 악수를 나눈 후 그는 내게 손수건을 건네주었었다. 단색 줄무늬의 손수건을 내게서 다시 건네받을 때 저 손가락 끝이 내 손바닥을 훑듯이 스쳤었다. 번개가 내려앉는 느낌을 남기고 자신의 손가락 끝이 일으킨 일을 남의 눈으로부터 감쪽같이 감추어주었던 그 손수건을 다시 양복 주머니에 넣던 그때의 그는 적어도 겉으로는 이러한 상황과는 전혀 어울리지 않는 점잖은 중년의 신사였다.

그래, 지금도 분명, 장난스러운 눈빛 외에는 나무랄 데 없는 신사의 모습이다. 깊이를 알 수 없는 저 검은 눈빛. 나는 다시 눈길을 거두려 했지만 그의 눈빛은 허락하지 않았다. 나를 빨아들이려는.

"앞으로도 아내 얘기는 하지 맙시다. 몇 가지 규칙이 있는데 그중 하나예요."

누군가 엿듣는다면 우리들이 사업 이야기를 하고 있다고 생각할 것이다. 그의 억양은 무미건조해졌고, 그는 당황하는 나를 배려하겠다는 듯 잠시 눈길을 거두어 오른쪽 창으로 고개를 돌렸다. 잘 뻗은 콧날 아래 깨끗하게 면도 된 입술이 이번에는 한동안 열리지 않겠다는 듯 굳게 닫힌다.

"규⋯칙요?"

대꾸할 말도, 새로 던질 화두도 생각이 나지 않아 내게 들렸던 그의 말 중에서 핵심어라고 생각되는 단어를 반복하며 이미 말라버린 커피를 닦았다.

다시 그의 손이 다가온다고 내 심장 박동이 알려주는 것과 동시에 이번에는 붉은 벨벳의 작은 보석함이 아직 냅킨을 들고 있는 내 손에 닿았다. 본능적으로 덮치는 포식자처럼 냅킨을 들고 있던 내 손이 빨간 물체를 앞으로 당겼다. 지금 받아들이지 않는다면 그는 이 카페의 모든 이들이 확인하려 들 때까지 그대로 들고 있으리라는 것을 직감으로 알 수 있었다.

열어봐야 했다. 다음 대화를 위해. 목걸이였다. 다이아로 보이는 보석 한 알이 달린 길지 않은 금목걸이.

"나를 만나러 올 때마다 하고 와요. 일종의 의식 같은 거니까. 〈어린 왕자〉 알죠? 이 약속을 지키면 이걸 목에 걸 때부터 이나 씨는 우리 만남을 기대하게 될 거야. 그러려면 평상시에는 걸고 있지 말고, 우리 만남에만 걸기로 약속해요."

그는 이 모든 대화가 원하는 대로 진행되어 만족스럽다는 분위기를 풍겼다. 계획대로 사업 계약이 순조롭군. 이제 서로 사인만 하면 되겠어.

양쪽 귀 옆으로 약간의 희끗한 머리카락 외에는 미간에 깊은 주름 하나 없는 그는 확실히 젊어 보였다. 깔끔한 모습을 완벽하게 받쳐주는 값나가는 양복.

그는 미국에 본사를 둔 작지 않은 기업을 가지고 있다고 했다. 미국 대학에서 같이 유학하던 시절에는 제법 도움을 받았다고 남편이 자랑하기도 했었다. 교수들은 그가 학교에 남기를 바랐지만 그는 집안의 가업을 이어야 했다고 한다.

우아하고 성실한, 신심 깊은 아내는 두 딸을 훌륭히 키우고, 더 나이가 들기 전에 신학을 공부하고 싶어서 나의 남편이 재직 중인 신학교로 대학원 입학 서류를 냈다. 합격이 통보된 날, 그의 아내와 그는 감사 인사를 하겠다며 남편을 찾아왔고, 남편은 저녁 준비 중이던 나를 불러내어 바로 그날 네 사람의 첫 식사가 이 호텔에서 예정에 없이 이루어졌었다.

그것이 삼 년 전 이 이야기의 시작. 그 뒤로 학교행사와 스승의 날, 남편의 생일… 이런 만남은 자연스러움마저 강요하는 비정기적인 의무로 십여 회 이상 반복되었고, 그때마다 그는 내 남편 학생의 남편이었다. 아니, 이어야 했다.

"이건 받을 수 없어요. 죄송합니다. 왜 이러시는지 모르겠지만,"

"만약 받지 않으시면,"

셰익스피어의 극이 이렇게 진행되던가? 후렴구를 맞추지 못하고 대사가 끝나면 다음 대사에서 바로 이어받아 각운을 맞추어준다. 재미있는 이야기로만 알던 것을 직접 희곡 대사로 접했을 때의 감격과 흥분, 그 먼 기억들 중 감격은 없이 흥분만 되살아나 무딘 신경 끝을 날카롭게 찌른다.

"그 목걸이는 이 박사님이 최서경 학생에게 전달한 선물이 됩니다. 내용은 이하동문으로."

무슨 소릴 하는 거야? 도대체 뭐가 있는 거지? 뭔지는 몰라도 이건 나쁜 일이다. 내 얼굴에 나타난 표정을 유일하게 읽을 수 있었던 맞은 편 남자는 내게 찔러 넣은 칼을 아무 죄의식도 없이 더 이상 잔인할 수 없을 만큼 더 깊숙이 밀어 넣고 있었다.

"알고 계실 겁니다. 아내는 제 부탁을 거절하기보다는 학교를 포기할 거라는 거."

셰익스피어는 이렇지 않아.

"이해할 수 없네요. 도대체 왜…"

"이해할 필요 없어요. 그냥 하면 되니까. 못할 일도 아니잖아요?"

"아뇨! 해서는 안 될 일이죠!"

그래, 잘했어. 이렇게 대꾸해야 하는 거야. 하지만 목소리가 너무 작잖아. 뭔가 행동으로 보여줘야 할까? 이쯤에서 이 목걸이를 던져보는 건 어떨까? 좀 자극적일까? 그러기엔 너무 손을 떠는구나. 저쪽에서 알아차리면 우습게 생각할 거야!

"이보세요, 양 대표님!"

"지금은 한 가지만 분명히 할게요. 이 모든 건 이나 씨를 위한 거예요. 이나 씨 자신."

이제 손은 떨리지 않는다. 하지만 여전히 아무것도 변하지 않았다. 지금 여기 이곳의 모든 것은 급속 냉동된 채로 굳어져 버린 것 같다. 무엇보다도 생각이, 말이, 판단이.

"난 두 달에 세 번 한국에 들어와요. 한 번 올 때마다 사흘을 묵는데, 그중 두 번의 사흘마다 하루는 이나 씨를 만나러 오겠어요. 대략 한 달에 한 번이 될 거야. 하루 이틀 전에 미리 연락할 거니까 친족장례만 아니라면 대답은 긍정적이길 바래요. 모든 비용은 당연히 내가 지불하고, 선물도 풍족할 거라고 미리 얘기해드리지요."

뭐지? 이건 뭐야? 눈물이, 왜 눈물이 나는 거야? 화가 나야하는 상황에 당황스럽게도 눈물이 한 방울 또르르 굴러떨어졌다.

"이, 이보세요… 난… 창녀가 아니에요."

다행히 입 밖에 나온 소리는 내 귀에도 잘 들리지 않았다. 입술만 달싹거린 것 같았는데, 그에겐 들렸던 모양이다. 그의 대답은 나직했지만 놀랍게도 방금 전의 사무적인 것과는 전혀 다른 음색으로 바뀌어있었다. 이건 흡사 딸과 농담을 주고받는 다정한 아빠의 장난스러운 말투.

"세상에! 그렇게 진부한 표현을! 못써요, 자신을 그런 단어와 한 문장으로 만들다니."

놀랍도록 부드러운 그의 대꾸에 내 모든 감각은 마취되었다.

더 이상 울어선 안 된다.

아니 오히려 통곡하며 지금의 저 다정함에 기대볼까? 잘못을 저지른 아이가 엄마의 아끼는 접시를 깼을 때처럼.

엄마를 도우려고 설거지를 하려던 것뿐인데 엄마는 화를 냈다. 아이는 다시 설거지를 할 수 있지만 접시는 다시 구할 수가 없었다. 그 전 해에 돌아가신 외할아버지가 영국에 다녀오는 길에 사 오셨던 한정판 기념 접시. 아이는 엄마에게 용서를 빌며 벌을 철회해주기를 바랐다. 하지만 엄마의 얼굴은 까맣다. 그건 얼굴이 아니었다. 나의 울음을 외면한 엄마의 뒤통수.

제발 이러지 마세요, 네, 제가 잘못했어요, 하지만 너무하잖아요. 잘못했어요. 사실 그때 정확하게는 무엇을 잘못했는지 몰랐지만, 지금도 사실은 잘 모르겠지만, 하지만 제가, 제가 뭔가 잘못했기에 이런 일이 벌어진 거겠죠. 오, 미안해요, 제발, 잘못했어요. 모든 것이 꿈이라고, 농담이라고 말해주세요. 엄마, 엄마… 아니, 아니, 여기 이분에게 빌어볼까? 하지만 그러다가는 여기서, 바로 지금 여기서 모든 것이 뒤죽박죽될 것이다.

그 접시가 어떤 접시였는지 알기까지 아이에게는 시간이 필요했었다. 지금 이 상황이 무슨 의미인지 이해되기까지 내게는 시간이 필요하다.

그는 일어섰다. 그의 큰 키가 한눈에 들어오지 않아 자동적으로 고개를 들었다.

"한 달 뒤에 뵐게요, 이나 씨, 그때까지 안녕."

고개를 돌리지 않아도 긴 그림자가 호텔 현관 회전문을 빠져나가는 것이 느껴졌다. 규칙적인 구두 발자국 소리, 멀어지는 시원한 스킨 향기, 한쪽 팔에 걸쳐 든 바바리코트 자락의 작은 흔들림이 소실점 하나를 블랙홀 삼아 빨려 들어가는 순간까지 그의 검은 눈은 나를 보고 있는 것 같았다. 이 진부하고도 내게는 생소한 영화의 마지막 장면이 끝나고 스크롤마저 다 올라가고서야 나는 눈을 떴다.

평일 오후 호텔 카페가 한적하다는 것을 그제야 알아차렸다.

아마 나는 그에게 커피를 부을 수도 있었을 것이다. 전화기를 열어 모든 음성을 녹음할 수도 있었다. 성희롱으로 고소하기 위해 경찰서에 제출하기 전 나 스스로 이 상황을 이해하기 위해 두서너 번은 다시 들어볼 수도 있었을 것이다. 때로는 부드럽고, 때로는 장난스럽게, 나지막하고도 달콤한 그 목소리를.

만약 목걸이를 받지 않는다면 어쩌고 하는 부분만이라도 녹음이 되었더라면 이 모든 상황은 먼지 털듯 털어버릴 수 있었을 것이다. 잠깐, 뭐라고? 이 박사에게 최서경 학생이? 아니, 그게 아니야. 최서경 학생에게 이 박사가… 세상에! 혹시? 정말? 아니, 아니야… 그럴 리가! 뭐라고? 만약 받지 않으면, 이라는 조건이 붙었었어. 그러니까 그건 아직은 사실이 아니라고!

이건 흡사 포르노와 로맨스 드라마 사이 그 어딘가 애매한 장르인가? 뭐라고? 날 사겠다고? 날 팔라고? 얼마? 아니 금액은 이야기된 바가 없다.

문학적 모순, 그리고 〈어린 왕자〉를 말했었다. 그래, 그는 내가 불문학 박사 논문을 쓰고 있다는 얘기를 들었던 그 날 저녁식사 때부터 그런 눈빛을 보내곤 했었다. 뚫어져라 응시하며 생각에 잠긴 눈빛. 나를 향해 있지만 나를 보고 있지는 않다는 듯한, 하지만 별수 없이 그 눈빛이 지나가기 위해 입고 있는 내 옷을 모두 벗기고 내 몸을 뚫고 지나가야겠다는 눈빛. 나를 지나가지만 스쳐 갈 수는 없다는, 나를 밟아야만 되겠다는 그 눈빛.

'프랑스어를 잘하시겠네요?'

'아녜요, 항상 그게 문제죠. 한국에서 외국문학을 공부한다는 것이… 늘 부족해요.'

실제로 부끄러움을 느꼈던 건 프랑스어에 대한 것이 아니었다. 나는 그때, 그의 시선에 벗겨진 내 옷을 그러쥐고 있었다.

그가 두 달에 세 번 한국에 오는 것은 이미 알고 있었다. 그가 올 때마다 자기 아내가 한국에 지내는 동안 얻어놓은 아파트에 들르는 것은 아니라고 최서경 학생이 남편에게 불평 삼아 말했다고 하는 걸 들은 적이 있다.

'세 번씩 여섯 번이면 육 삼에 십팔, 일 년에 열여덟 번을 못 만나도 부부인가 봐.'

'오랜만에 만나니 더 정이 나나 보죠. 늘 붙어산다고 부부인가요, 뭐.'

'붙어살지 않으려면 왜 결혼해? 같이 생활해야 부부지… 저녁 잘 먹었어. 수현 엄마, 내 와이셔츠는 다려놨어?'

붙어산다고? 누가 누구에게 붙어있는 걸까? 생활비는 남편이 벌지만 가정노동력은 내가 제공한다. 특별히 어디를 붙이고 산지도 아들이 태어나고 나서는 몇 번 되지 않는다.

분명히 하고 싶은 말은, 내가 붙어사는 빈대라는 소리는 듣고 싶지 않다는 것이다. 실제 내가 빈대라고 하더라도 내 선택에 의한 자발적 역할은 아니라는 걸 여기에서 다시 한번 더 분명히 해두고 싶다.

"왜 나갔을까? 도대체 왜 나가서 이 사단을 만든 거야? 미치지 않고서야!"

집까지 가는 길은 멀지 않았다. 그래서 더 화가 났다. 차라리 멀었더라면 가던 중에라도 정신을 차리고 돌아왔었을 텐데. 한 시간 전으로 돌아간다면 나는 결코 그 자리에 나가지 않을 것이다. 어제 문자를 받고는 차를 쓸 일이 생겼다고, 남편에게 오늘은 버스를 타고 학교에 가라고 했던 것이 한없이 죄스러워졌다.

'보고 싶어요. 내일 오후 2시, 그 호텔 로비 카페.'

아직 지우지 않은 전화기 문자 메시지. 그의 번호는 없었지만 나는 그 사람이라고 직감했고, 그 호텔이라고 바로 알아차렸다.

아마 미혼인 상태로 몇 번의 미팅과 선을 본 후 일어난 일이라고 하면 틀림없이 운명의 짝이라고 생각했을 것이다. 뒤도 돌아보지 않고 오늘 밤 나는 사랑에 빠졌노라고 드디어 운명의 짝을 만났노라고 우선 절친에게 전화부터 걸겠지. 흥분한 상태로 모든 상황을 자세하게 묘사하고, 과장하고, 해석하고, 그리고 자세한 건 다시 만나서 얘기하자고 하겠지.

결혼생활 십칠 년. 절친이라는 건 아들 학교 친구의 엄마들로 대체되었다. 아니 오히려 그들보다는 아파트 상가 과일가게 주인아주머니가 더 가깝지 않을까? 친정엄마 생신이라고 과일상자를 보내다 보니 가끔 친정 얘기며 다른 가족들 얘기까지 하게 되었다.

그 주인아주머니는 외모와는 달리 이미 할머니인데 이번에 얻은 한 돌 된 둘째 손녀는 옹알이를 제법 기차게 한단다. 가끔 할미라고 한다는데, 설마… 벌써?

엷은 미소. 아기만 생각하면 언제나 자동으로 떠오르는 엷은 미소. 내게도 아기가 있었는데, 지금은 키도 덩치도 훌쩍 자기 아빠를 능가하는 커다란 청년으로 바뀌었다. 내가 그토록 사랑했던 그 아기는 이 세상 그 어디를 가서도 다시 찾을 수 없겠지만, 혹시라도 지금 내 집에 사는 청년을 주고 바꿔야만 찾을 수 있다면, 단연코 그럴 생각은, 추호도 없다.

아들. 그래, 오늘 있었던 일을 아들이 안다면… 생각만 해도 끔찍하다. 아냐, 어쩌면 너무 비현실적인 조금 전의 그 일은 다 꿈이 아니었을까?

주차하고 차에서 내리려다 보니 조수석에 내 유일한 외출용 검은 가방과 함께 그 보석함이 현실 속으로 들어와 있다.

세상에나! 꿈이 아니었어! 악몽이 아니었다고! 아니면 아직 잠에서 깨지 않은 건가? 이건 도대체 어떻게 해야 깰 수 있는 꿈이지?

우선 이 물건을 그냥 차에 둘 수는 없으니 집안으로 가지고 들어가야 하는 건 맞다. 검은 가방이 입을 열어 붉은 벨벳 보석함을 삼키는 것이 슬로우 모션으로 찍은 영화의 한 장면처럼 보인다.

아파트 주변을 비로 쓸면서, 지나가는 주민들에게 인사를 건네는 친절한 경비원 아저씨에게 평소대로 답례 인사를 해야지, 만일 모른 척 지나간다면 틀림없이 이상하다고 여길 것이다. 내 가방 안에 뭔가가 들어있다고 생각하게 될지도 모르지. 그래, 최대한 자연스럽게 행동하자.

"안녕하세요? 날이 점점 더워지네요."

아차, 아직 3월 초다. 아저씨께서는 대답하기 애매하신가 보다. 어색한 미소가 돌아온다.

아침에 다들 출근하고 나면 저녁까지 집은 온통 내 차지다. 아직 오후 세 시 반이 안 됐으니까 시간은 충분해.

대문이 열렸다. 비밀번호를 두 번 잘 못 누른 것 말고는 평소와 다를 바 없이 자연스러웠다. 몸에 밴 습관이라 집에 들어서자마자 화장실로 들어가 손을 씻는데 수도꼭지에서 물이 한 방울씩 떨어지는 것 같다. 수건으로 닦는 둥 마는 둥 하고, 가방을 들고 옷장 문을 연다. 징그러운, 혹은 무서운 무언가를 집어 올리듯 손가락 세 개로 붉은 벨벳 보석함을 집어 든다. 제철이 아닌 옷들을 보관하는 옷장 구석에 그것을 밀어 넣는다.

분명 어둡고 구석진 곳인데 갑자기 이곳에만 조명을 단 듯 밝아진 느낌이다. 온 집에서 이곳만 유독 반짝이는 것 같다. 죄의식인가? 하지만 무슨 죄? 아직 아무 일도 일어나지 않았는데? 나에게는 아무 일도 없었다. 그리고 앞으로도 그 어떤 일도 절대 일어나지 않을 것이다.

옷장 문을 닫아야 하는데, 그 대신 마치 누군가의 지시에 따르기라도 하는 것처럼 나는 다시 보석함을 꺼내 그것을 열고 있었다.

목걸이는 예쁘다. 목걸이는 그 누구의 잘못과도 관계없는 자신만의 아름다움을 순수하게 받아들여달라고 간절히 호소하고 있다. 하지만 이걸 목에 건다는 것이 어떤 의미가 될 것인지 분명하게 알고 있는 이상 나는 그럴 수 없다. 나는… 아니니까…

보석함은 옷장 구석 깊이 밀려들어갔고, 나는 옷장을 다시는 열지 않을 것처럼 오랫동안 체중을 실어 문을 닫아 밀었다.

2. 시작된 게임

"수현, 일어나야지, 비가 오네. 벚꽃 핀 지 얼마나 됐다고 다 떨어지겠다. 올해는 아직 꽃구경도 못 갔는데. 어제 이번 달 야자 끝났지? 그럼 오늘은 저녁 먹으러 오겠네? 다음 달 저녁 급식대가 제대로 빠져나갔는지 모르겠다. 오전에 엄마가 확인해볼게, 넌 신경 안 써도 돼. 가방은 챙겼니? 안 챙긴 준비물은 없고? 어휴, 이게 무슨 냄새야!!"

코를 찌르는 밤꽃 냄새가 가득한 아들의 방문을 열며 쏟아내는 내 정보들에 수현이가 부스스 깼다.

이제 인류는 세대를 지나며 바로바로 진화하기로 한 것일까? 우월한 기럭지에, 뽀얀 피부. 영특해 보이는 눈매가 아직은 아침 햇빛을 볼 준비가 안 됐다고 찡그린다.

"아, 엄마… 커튼은 좀…"

"일어나야지, 그러다 등교 차 놓친다."

"알았어요, 알았어. 내가 할게요…"

수현이의 '내가 할게요'는 진짜로 '그만 하세요'의 뜻이다. 이제 아들은 일어날 것이다.

"오케이, 그럼 아침 북엇국 드시러 나오세요, 아드님."

이런 말은 어디서 떠오르는 걸까? 가끔 내 머릿속에 보이지 않는 작은 각본가 요정이 살고 있어 대사를 써주는 것 같다. 방금과는 다른 태도로 바꿔야 할 때라고, 혹은 지금 이 분위기에 어울리는 느낌은 이런 거라고 알려주고 적절한 기분과 표정, 대사를 지시한다. 그리고 지금 나는 고등학생 아들을 등교시키는 엄마다.

끓어오른 북엇국 냄새가 온 거실을 가득 채웠다. 자, 일상이라고 불리는 싸움이 다시 시작되었다!

아들과 남편이 각자의 전쟁터로 출정한 뒤 개수대에 쌓인 설거지를 노려보면서 나도 오전에 남은 전투를 마치기로 했다. 덜그럭거리는 그릇들의 마찰음이 갑자기 구역질을 일으켰다. 아침을 좀 많이 먹었나? 하긴 다이어트 중인데 국이 너무 맛있다고 생각하긴 했다. 다이어트 중이라고? 그 '다이어트'라는 단어를 알고 난 이후로 거기에서 벗어난 적이 있었던가?

가슴이 봉긋해지기 시작하던 열세 살 이후, 내 종아리와 허벅지를 볼 때마다 그것들을 미워하지 않은 적이 없다. 가슴이 커지는 만큼 커지는 엉덩이와 아랫배의 작은 둔덕을 바라볼 때면 난 어떤 마녀의 질투로 내 몸이 저주를 받았다고 믿었었다. 오빠와 아빠의 시선, 그것은 다른 종을 바라보는 또 다른 종의 불편한 시선이었다. 그 시선들을 피해 브래지어를 채우고, 거들로 허벅지를 조이고, 등은 되도록 구부리면서 구석에서, 책상 위에서 나의 소녀였던 시간을 보냈다.

숫자들보다는 글자들이 내게 친절했다. 덕분에 많은 친구들을 만났었다. 제인, 클라라, 샤롯데, 에이미, 캐서린, 보바리 아주머니… 로체스터 씨의 사랑을 얻은 제인은 부러웠지만 그가 앞을 볼 수 없다는 건 안타까웠다. 히스클리프의 텅 빈 가슴을 안아주고 싶어 〈폭풍의 언덕〉 책을 끌어안고 잠이 든 적도 있었다. 그 당시 보바리 아주머니를 다 이해할 수는 없었지만 지금 생각해도 그녀의 남편은 바보 멍청이다.

당시, 그 당시.

그 당시엔 지금쯤의 내가 뭔가 가치 있는 일을 하고 있을 줄 알았다. 그때나 지금이나, 아직도 이런 쓰잘머리 없는 일만 하고 있을 줄이야. 이럴 바에는 내가 하고 싶은 일이나 해볼걸…

나는 글을 쓰고 싶었다. 그림을 그리고 싶었다. 노래를 부르고 싶었다. 나는 춤을 추고 싶었다.

'그렇게 배고픈 직업을 가질 생각을 하다니!'

'우리 집은 부자가 아니야. 그런 건 넉넉한 집 아이들이나 하는 일이야.'

'차곡차곡 월급 나오는 직업이 최고지. 티끌 모아 태산, 몰라?'

자신이 없었다. 아무도 응원하지 않는 일을 단지 내가 원한다는 이유로 해낼 자신이 없었다. 돈이 없으면 안 된다는 말은, 당연히 돈이 없었던 내게는 그냥 '안 된다'는 말로 바로 직결되었다.

안 된다는데 할 수가 없었다. 그럼에도 불구하고 해봐야 할 만큼 간절하지 못했던 거니까. 열정이 부족한 것도 부족한 거다. 그래, 그것도 잘못이라면 잘못이다. 그러니 결국 모든 것은 내 잘못이다.

하지만, 그래도, 그랬다고 하더라도, 혹시 시도라도 해봤었더라면, 조금이라도 해봤더라면, 안 되는 걸 확인이라도 해봤었더라면?

실패할 걸 각오하고, 실패하기로 작정하고, 그들의 비웃음과 그럴 줄 알았다고, 허튼 노력과 시간 낭비를 했다는 손가락질을 당할 각오를 하고 시도라도 해봤더라면?

그리고 버티고 있었더라면, 버틸 수만 있었더라도, 중간에 포기하지 않았다면, 그러면 언젠가는 내가 시작한 그 일이 가치 있는 일이 될 수도 있지 않았을까? 그런 세상이 올 수도 있지 않았을까? 세상은 달라지는 것이니까 말이다. 언젠가는.

띠링.

문자 벨소리. 저장되지 않은 번호에서 온 메시지다.

……!

설마, 벌써 그렇게 된 건가? 한 달! 시간이 사라지고 있구나!

'보고 싶어요. 같은 곳 7층 4호. 내일 12시.'

"미친놈!"

이 세상이 아무리 미쳐 돌아간다 해도 정신 나간 사람을 굳이 더 추가해 줄 필요는 없지. 그 일이 있고 한 달이 지나는 동안 내 생각은 더 굳건해졌다. 나는 이 미친 놀이에 동참하지 않을 것이다. 박수 소리도 두 손바닥이 마주쳐야 나는 법이라잖아? 내가 아니라는 데 아무리 뭐라고 하든 무슨 상관이람!

오후까지는 평범한 맥박이었다. 하지만 저녁이 되자 맥박이 느려져 갔다. 친정엄마가 부정맥으로 고생하신다. 유전일까?

이러다 오늘 밤 자는 동안 심장이 멎는 건 아닐까? 자다가 죽는 게 가장 행복한 거라던데 정말일까? 잠이 든 상태에서 심장이 멎는다면 의식은 잠든 상태에서 그대로 죽음의 상태로 가는 걸까? 중간에 꿈과 죽음 그 어딘가에서 깨어나면 어쩌지? 정말 영혼이 둥둥 떠올라 어딘가로 가는 걸까?

어렸을 때 들은 무서운 이야기 중에 잠든 사람의 얼굴에 심한 낙서를 하면 잠든 새 빠져나갔던 영혼이 자기 몸을 찾아 돌아오지 못해서 죽고 만다는 얘기가 있었다. 그렇게 떠돌아다니는 영혼들이 귀신이 되는 거겠지?

어릴 때 그렇게도 무서워하던 귀신이 왜 지금은 전혀 무섭지 않을까? 믿어지지 않아서일까? 굳이 믿는 것도 아니지만, 믿지 않는 것도 아니다. 그저 관심이 없을 뿐이다. 나랑 상관없을 뿐이다. 아무런 관계가 없으면 감정도, 생각도 생길 필요가 없는 것이다.

"엄마는 저녁 안 드세요?"

모처럼 집에서 저녁을 먹는 수현이가 밀려오는 생각에 매몰되어가고 있던 나를 붙든다.

"어? 어… 오늘 아침에 북엇국 맛있다고 너무 많이 먹었나 봐. 그때부터 체해서 영 안 좋네. 미안한데 혼자 먹어. 오늘은 아빠도 회식하고 오신다고 하셨어."

간소하게 차려진 저녁상에서 아들은 감사의 기도를 올린다.

"너 다시 기도하는구나? 아빠가 좋아하시겠다."

"기독교의 하나님에게 하는 거 아니에요. 그냥 이 밥상에 올라온 모든 자연물들에게 고맙다고 표현하는 거예요. 곧 내 몸이 될 것들이잖아요. 고맙게 받아들여야죠."

"수현아… 네 마음은 그렇더라도 아빠를 위해서 그냥 기도라고 해도 되잖아."

"엄마도 내가 거짓으로 살기를 바라세요? 위선과 겉모습으로 포장하는 삶이요?"

"저녁 식겠다. 엄마는 옷 정리 좀 할게."

아들과의 어색한 대화에서 물러나, 안방으로 들어갔지만 내가 하려던 것이 정말 옷 정리였을까? 그렇다면 왜 하필 지금?

이봐, 솔직해져야지, 아까 수현이가 하는 말 못 들었어? 이건 위선과 겉모습으로 포장하는 거야. 그래, 맞아, 나를 옷장 앞에 서게 한 것은 그 문자다. 그는 내일 만나자고 했다.

옷장 깊숙이 들어간 손끝에 사라지지 않고 여전히 그곳에 있었던 그것이 닿았다. 손끝에만 닿았을 뿐인데, 아직 눈에 보이지도 않는 그 붉은 핏빛이 뜨겁게 타고 있는 것 같았다.

내일 이 목걸이를 걸고 그곳, 그 시간에 나타나라는 거다. 그런 다음엔? 안 봐도 비디오다. 이런 표현이 나이를 드러낼 수 있다고 어딘가에서 본 것 같다. 요즘 젊은 애들은 이렇게 말한다지? 안 봐도 유튜브 동영상이다, 안 봐도 움짤이다.

아무리 눈속임하려 해봤자, 물론 19금이겠지?

"엄마, 뭐 하세요?"

"응? 아니, 응… 밥 다 먹었어?"

"예, 그런데 왜 그러고 계세요? 거기 뭐 있어요? 도와드려요?"

"어? 아니야, 내가 할게. 내가 할 수 있어."

아들과 나 사이의 사인.

"예, 잘 먹었어요. 저 조금만 잘게요. 한 시간 후에 깨워주실래요?"

"그래. 먹고 바로 자면 안 좋은데… 이는 닦고 자라."

대답은 벌써 수현이의 방에서 들렸다. 이는 닦지 않고 바로 이불 속으로 들어갔겠지. 아마 아들은 지금 이를 닦으면 잠이 다 달아날 거라고 대답했을 것이다.

대한민국 고등학생이라는 게 쉽지 않은 삶이다. 생각하면 세상 쉬운 삶이라는 게 어디 있을까 싶지만, 적어도 하고 싶은 일을 하고 사는 사람들이라면, 앞으로 하고 싶은 일을 위해 아직 남아있는 치열한 경쟁을 준비 중인 저 어린 학생들에게는 좀 더 따뜻해도 되지 않을까?

때로 하고 싶은 일을 할 수 있는 기회를 놓친 이들은 자기들의 후계자들마저 그런 운명을 이어받을까 싶어 성급하게 닦달을 하곤 한다. 자기들이 기회를 놓친 이유 중의 하나가 바로 그런 성급한 영향력이었다는 걸 벌써 잊은 거다. 그래서 팔자라고들 하나 보다. 알면서도 걸려 들어가는. 스스로 걸어 들어가는 운명.

한 달 만에 보는 보석함을 열자 그동안의 잠에서 깨어난 목걸이의 다이아몬드가 반짝이며 미소를 지었다. 칠? 팔 부쯤 될까? 작지 않은 알이다. 큐빅 지르코니아라고 해도 제법 가격이 나갈 컷팅이다.

입김을 불어볼까? 입김이 금방 사라지면 진짜 다이아라고 들은 적이 있다. 입김을 불려고 얼굴 가까이 가져온 보석함에서 옷장에 넣어두었던 좀 벌레 약 냄새가 선발대처럼 훅하고 덮쳐왔다. 그리고 곧 따라오는 향에 소스라치게 놀랐다. 그의 스킨 향. 어떻게 그럴 수가 있지?

한 번 더 가까이 대고 맡아보았다. 틀림없는 그 향이다. 일부러? 나는 그대로 굳어버렸다. 적의 지뢰를 밟은 군인처럼 굳어버린 채 누군가 나를 구할 수 있도록, 나를 발견해주기를 기다려야 하나 잠시 고민했다. 도와줘! 아들 방에서는 기척조차 없다. 남편은 자정이 넘어야 들어올 것이다. 아니 뭐라고? 그들이 이걸 보게 한다고? 제정신이야?

서서히 움직이는 보석함은 내 입술로 다가왔다. 입김을 불려고 했으나 그 전에 다이아몬드가 입술에 닿았다. 차가운 돌. 내 입술을 문 뱀의 이빨처럼 그 차가운 돌의 냉기는 점점 더 깊이 파고들었다.

그는 보석함 안쪽 천에 자기 스킨 향이 배도록 했다. 치밀한 계획. 무서운 일이다. 두려움이 덮쳐야 하는데, 그런데 그 대신에, 심장이 미친 듯이 춤을 춘다. 아까까지도 느려진 맥박 때문에 이대로 오늘 밤 조용히 죽지나 않을까 생각했었는데… 이 모순적인 상황은 뭐지?

'문학적 모순인가요?'

입술에서 떨어져 나온 목걸이는 아무 일 없었다는 듯 처음과 같은 순진한 미소를 지어 보인다. 이런 뻔뻔한 것 같으니! 안 갈 거야. 난 안 갈 거라고. 내일이라는 건 없어. 약속이라는 건 없다고. 처음부터 말도 안 되는 그런 약속을 누가 했다는 거야?

이 목걸이를 그냥 버릴 수는 없다. 이건 제법 값이 나가는 물건이다. 어떻게 돌려줘야 하지? 내가 이 목걸이를 안 받는다면 어쩌고 하던 그 협박은 무슨 의미였지? 내 남편을 궁지로 몰겠다는 소리였다. 틀림없이… 하지만 왜, 도대체 왜?

보석함은 다시 제자리로 돌아갔다. 글쎄 거기가 제자리인지는 모르겠지만, 우선 지금은 아무것도 변화를 줄 수 없다. 옷 정리를 하겠다고 둘러댔었지만 아무것도 손을 댈 수 없었다.

옷장 문을 닫고 나자 온 집에 그의 스킨 향이 퍼져있었다. 세상에, 내가 무슨 짓을 한 거지? 혹시 향기 폭탄이라도 터뜨린 건가? 남편이 돌아와서 달라진 이 공기를 알아차리면 어쩌려고…

창문을 열어야겠다고 생각했지만 내 손은 약통을 뒤지고 있었다. 어디 있지? 타이레놀? 아니, 아니야, 나는 애드빌이 잘 들더라구. 저런 애드빌은 없군. 남편은 타이레놀만 찾으니까. 남편은 애드빌을 좋아하지 않아. 그 말인즉슨, 내가 찾을 때 이 집 안에서는 애드빌이 없을 수도 있다는 거지.

항복하는 심정으로 목구멍으로 넘긴 타이레놀 두 알이 수면제처럼 나를 재웠다.

그리고 본 게임은 악몽 같은 다음 날 시작되었다.

수현이가 가방을 내동댕이치며 내는 거친 소음에 눈을 떴을 때 안방 벽에 달린 벽시계의 바늘들은 한참 잘못된 숫자들 위에서 머뭇거리고 있었다. 이럴 수가!

"어머? 지금이 몇 시야? 엄마가 지금까지 잔 거야?"

급하게 돌아오는 의식과 동시에 몸을 일으키면서 나는 스스로를 '엄마'라고 지적했다.

"엄마가 깨워주시기로 해서 알람도 안 했었다고요!"

수현이의 원망 섞인 목소리도 나를 엄마라고 꼬집었다. 그래, 나는 엄마니까.

그런데 엄마라면 하지 말아야 할 일을 했다는 것을 깨닫는 순간 나는 죄인이 되었다.

"아이고, 미안해… 정말 미안해. 이걸 어쩌지?"

수현이의 대답은 없었다. 내 사과에 조금은 화를 누그러뜨려 보려 애를 쓰지만 좀처럼 생각대로 되지 않아 본인도 어쩔 줄을 모르고 있다는 것을 느낄 수 있었다.

"수현아, 엄마가 뭐라고 할 말이 없다. 엄마가 어제 좀 아팠어. 나도 그렇게 깊이 잠이 들지는 몰랐어. 미안해… 엄마가 약속을 못 지켰네…"

대답은 없었지만 내팽개친 가방을 다시 집어 드는 수현이의 태도를 보니 전에 없이 화가 난 모양이다. 하긴 이런 실수는 잘 없는 실수였다. 한 시간 후 깨워달라는 고등학생의 부탁을 까맣게 잊고 아침까지 곤히 자고 일어나다니!

덕분에 머리는 개운했지만 상황은 엉망진창이다. 차라리 반대였으면 좋았을 텐데. 내 머릿속 따위야 진창이 되든 말든 가족들의 상황이 잘 풀리기만 한다면 더 좋았을 거란 말이다. 그래, 역시 그 약이 문제야. 앞으로 다시는 타이레놀은 먹지 않을 거야!

내가 또 다른 가해자를 찾는 동안 수현이는 누가 가해자이든지 간에 피해자는 자신임을 분명히 했다.

"에이 씨, 몰라요. 오늘 쪽지 시험은 내신에 들어간다는데, 에이, 그냥 망쳐도 몰라요! 분명히 내가 한 시간만 잔다고 말했는데!"

아들을 이렇게 기분이 나쁜 상태로 등교시킬 순 없다. 엄마라면 그러면 안 된다.

"미안해… 어떻게 하지? 내가, 나도 이렇게 될지 몰랐어… 미안하다, 수현아… 엄마가 정말 잘못했어."

수현이의 마음을 달래는 데 실패한 내 사과의 말들은 수현이의 뒷모습을 따라 나가려다 대문이 닫히는 커다란 소리에 허공으로 산산이 흩어졌다. 나쁜 엄마. 정말이지, 정말 난 나쁜 엄마다. 형편없는 엄마다.

아들에게는 내놓지도 못한 조촐한 아침상이 첫날 밤 소박맞은 못생긴 처녀처럼 울상을 하고 내 앞에 널려있다. 나쁜 엄마라는 죄명을 달고 사약을 받으러 나온 죄수마냥 식탁에 앉았다. 오늘 아침은 왜 나 혼자지? 미지근해진 국에 밥을 말아 꾸역꾸역 목구멍으로 밀어 넣어보려 했지만 구역질만 일어날 뿐이었다.

남편은 어젯밤 집에 들어오지 않은 건가? 연구실에서 밤을 새우는 적이 일 년에 한두 번은 있다. 하지만 미리 연락하곤 했었는데… 하긴 어제 회식 후 교수들 회의내용 정리까지 마치자면 좀 길어질 거라고는 했다.

그래, 어제 남편이 늦게라도 들어왔었더라면 이렇게 계속 잠을 자지는 않았을 텐데. 아무리 타이레놀을 먹었더라도 말이야. 남편만 들어왔더도. 늪처럼 끌어당기는 내 죄의식에서 벗어나기 위해 또 다른 가해자를 잡아끌어 보려 했지만 그는 쉽게 나를 구해주려 하지 않는다.

'내가 얼마나 복잡한 일들을 하고 있는지 알아? 수현 엄마, 당신은 집안일만 하면서 사회생활은 아무것도 모르면 그냥 잠자코 있으라고.'

저쪽 편 교수들의 움직임이 심상치 않아 아무래도 서명을 받아야겠다고, 미리 손을 쓰지 않으면 나중에 엉뚱한 일로 징계위원회가 열려 이쪽이 옴짝달싹 못 하게 될 수 있다고, 아직 이쪽 편 교수들이 목소리를 낼 수 있을 때 좀 더 세를 몰아 연판장까지 만들어놓으면 힘의 균형을 맞추는 데 도움이 될 거라고 했었다.

뭐가 이렇게 복잡한지. 교수들의 세계. 여기도 정치판이었던 거야? 교수 아내 생활 십칠 년간 변호사를 두 번 사고, 검찰과 경찰 조사를 받으러 가는 남편의 와이셔츠를 챙기며 조마조마한 마음으로 시작한 기도를, 땀에 젖은 와이셔츠로 그날 밤 남편이 돌아오기까지 무슨 내용의 기도를 하고 있었는지조차 잊어버린 적도 몇 번이나 되는지.

범죄자가 아니더라도 바로 그 범죄자가 아니라는 것을 증명해야 하는, 단지 저쪽 편의 누군가 과시하는 힘을, 자기 말을 들으라고 으스대는 그 꼴을 곱게 봐주지 못하는 태도 때문에. 법문에는 없지만 현실에 엄연히 존재하는 그놈의 '괘씸죄' 때문에.

초라한 변명이 되겠지만, 어쩌면 이런 대학가의 뒷모습이 내가 논문만 앞두고 공부라는 것에 흥미를 잃은 이유 중 하나일지도 모른다. 이게 다 무슨 소용이람… 공부는 내가 좋아서 한다지만, 학교에서 가르칠 수 있고 없고의 문제는 또 다른 역학에 의해 움직이는걸… 좋아서 하는 공부라고? 하지만 좋다고 마냥 그것만 하고 있을 수는 없잖아. 세상이 무엇으로 움직이는지 몰라? 순진한 거야, 바보인 거야?

나는 엄마다.

좋아하지 않지만 해야 하는 공부를 하는 아들을 위해 밥을 짓고, 옷을 준비하고, 집을 청소해야 한다. 밥을 짓기 위해서는 장을 보아야 하고, 옷을 준비하기 위해서는 빨기와 널기, 개기라는 과정이 필요하다. 장을 보기 위해서는 돈을 관리해야 하고, 돈은 마냥 꺼내 쓸 수 있는 단지에 들어 있는 것이 아니다.

때로는 생각지 않은 일들이 돈 단지를 깨부순다. 자잘한 자동차 접촉사고, 변호사 비용, 가깝고 먼 친인척의 방문들, 지인들과의 이별들, 예상했었던 이사에 들어가는 예상보다 큰 부대 비용들, 급성 맹장염, 급성 신장염, 급성 인후염… 뭐가 그리들 급한지, 급하게들 한꺼번에도 들이닥친다.

친정엄마의 갑상선 암 수술.

'네 돈 안 받는다. 내 몸에 들어가는 비용은 낼 수 있을 만큼 나도 능력 있다.'

맞는 말씀이다. 하지만 카드 현금 빚을 내서라도 그 비용만큼은 드리고 싶었던 내 마음도 알아주셨으면 했다. 우선은 내 마음이라 생각하고 내 돈을 받으시고, 그렇게 내 통장의 금액을 축내기가 싫으셨다면, 나중에 보상받으신 보험금으로 그만큼의 숫자만 되돌려주셨더라도 좋았을 텐데. 내게는 한 푼도 안 받으셨으면서 병간호해준 값이라며 내가 드리고 싶었던 것보다 훨씬 더 많은 액수를 엄마의 보험금에서 나눠주신다.

그저 나도 뭔가 해드리고 싶다는 마음을 표현하고 싶었을 뿐인데… 내 마음은 항상 거절당한다. 친정엄마는 내게 무언가 받으실 수가 없는 거다. 늘 주기만 하셨으니까.

'너한테는 신세 안 질 거다. 실컷 공부시켜놨더니 잘난 박사 만나 교수 마누라 됐다고, 너는 사모님 소리 듣는 행복한 결혼생활 한다고 이제 와서 너처럼 못 살아온 나는 무시하는 거냐?'

생각지도 못한 측면 공격. 정말 생각지도 못했다. 그래서 말하지 못했다. 행복하지 않다고. 이미 내 결혼생활 같은 거 전혀 행복하지 않았다고. 전혀, 조금도, 결혼 같지 않았다고.

도와달라고, 살려달라고, 나를 여기서 빼내 줄 수 없느냐고 물어야 했다. 하지만 누구에게? 내가 자기를 무시하고 있다고 철석같이 믿고 있는 분에게?

나는 물 마른 우물 속에 빠져 두레박이 내려오길 기다렸건만 어느 한 날, 어이없이 줄 끊어진 두레박이 내 옆에 떨어져 깨지는 소리만 들어야 했던 것이다. 콰당탕, 콰직!

'양정후라고 합니다.'

'만나서 반갑습니다. 저는 안이나예요.'

처음 잡은 그의 손은 한 번에 내 손을 집어 삼켰다. 손이 참 따뜻했던 기억. 단단하고 긴 손가락 끝이 내 손목까지 닿았다.

'그게 여자 손이냐? 당신 손은 참 못생겼어.'

어느 날 무심코 자신의 손과 내 손을 번갈아 보며 남편이 했던 말이 하필 그 순간 떠올랐다.

'수현이가 날 닮아 손발이 길지, 당신 닮았으면 오막조막했을 거야, 안

그래?'

집안의 평화는 평화로운 대답에서 나온다고 배웠기에 내 대답에는 웃음기마저 있었다.

'맞아요. 다행으로 생각해요.'

'다행이라고? 고맙다고 해야지. 허허, 당신 집안 유전자 지도를 바꿔줬는데…'

'우리 집안이라고요? 그런데 왜 수현이의 성은 안씨가 아니고, 이씨일까요?'

그때 악수를 마친 그는 조심스럽게 내게 손수건을 건네주었다.

'땀이 나시네요. 미끄러우실 테니 닦으세요.'

'하하, 이 사람 손이 예쁜 손은 아니에요.'

믿을 수 없다고? 마음대로 생각하시라. 하지만 믿어도 된다. 그때 남편은 정확하게 그렇게 말했다. 아마도 남편에게는 아내 손에 대한 콤플렉스가 있었는지 모르겠다. 타인에게 자기 아내의 평범한 손을 들킨 것이 자존심 상할 수 있는 남자, 이민규.

'이 박사님 욕심이 많이 과하신데요? 사모님 얼굴이 이렇게 미인이신데 손까지 아름다우셔야만 하는 건가요?'

남편도 여기서 끊어야 한다는 것쯤은 알았다. 바보는 아니었으니까.

'학교 다닐 땐 선배였지만 지금은 내 학생의 남편이니까 양 대표님이라고 불러도 되지요?'

'아니, 우리 서로 '마이클, 저스틴' 하던 사이 아니에요? 하긴 저도 여기서 이 박사님을 미키라고 부를 자신은 없습니다. 문화라는 게 이렇게 강력하네요, 참…'

최서경 학생은 스튜어디스 모자만 씌우면 그대로 비행기에 태울 수 있을 것 같았다. 늘씬하진 않아도 균형 잡힌 비율에 군살 없는 오십 대. 언제

보아도 같은 옷을 입은 것을 본 적이 없지만 다른 스타일의 옷도 보지 못했다. 투피스 정장에 구두.

'사모님을 직접 뵈니 너무 좋네요. 우리 교수님이 미국에서 공부하실 때 그렇게 인기가 많았는데도 공부 끝나고 고국 가서 아내를 찾을 거라고 곁눈질 한 번 주지 않으셨다더니, 아마 사모님을 만나려고 그러셨나 봐요.'

세련된 세계에 속한 여성의 목소리다. 그 세계에 속한 남성의 목소리가 이어졌다.

'그게 그렇게 되는군요? 박사님, 결국 이렇게 아름다운 사모님을 만나셨으니 기다리실 만했어요.'

'뭐, 기다렸다기보다는, 이 사람이 나보다 열 살이 어리니까 내가 한참 때는 서로 만나봐야 중, 고등학생 아니었겠어요?'

남편에게 아내의 어린 나이는 유일한 자랑거리였다. 하지만 이미 십칠 년 전 얘기, 삼 년 전 두 부부의 첫 만남 시점에서도 이미 십사 년 전 이야기였다.

'아니 그럼 어떻게 만나신 거예요? 혹시 학생?'

'내 첫 교양강의에 들어온 학생 중 제일 똑똑했지요. 유일한 A 플러스 학생이었어요. 지금은 불문학 박사 논문을 준비 중이지요.'

'어머나, 사모님도 공부하시는구나. 요즘 공부하는 주부들을 뭐라고 부르는지 아세요? 공주래요. '공부하는 주부', 줄여서 '공주.' 우리 공주들끼리 통하는 게 많겠는데요?'

사귐성 있고, 우아하고, 예의 바른 최서경 학생은 늦은 시간이나 휴일에 남편에게 연락하는 일은 없었다. 가끔 남편을 통해 개인적 상황을 자세하게 듣게 되는 경우도 있었지만 지도교수가 학생에 대해 가지는 관심 정도라고 생각해도 전혀 무리가 없었기에 나에게 최서경 학생은 남편의 학생, 그 이상도 이하도 아니었다.

바흐의 브란덴부르크 협주곡 제3번. 남편으로부터 걸려온 전화 벨소리.

"여보세요? 어디예요? 어제 안 들어왔던 거예요?"

벌써 오후 두 시다.

"무슨 일이 있었는지 알면 놀라 자빠질걸?"

전화기 저편 남편의 흥분한 목소리에, 좋은 일이라니 '다행'이라고 도장을 찍어 처리하고 딱딱한 무표정으로 '다음 분!'을 부르는 내 머릿속 늙수그레한 대머리 공무원.

띠링.

문자 메시지다.

'첫 번째 선물은 이 박사님께 드렸어요. 다음 선물은 직접 드리고 싶군요.'

분명히 협박은 아니지?

"그래서 오늘 학교가 다 난리가 난 거야. 내 이름 앞으로 십억이라고. 기가 막히지 않아? 밤새 만들어놓은 연판장도 다 필요 없어졌어. 대세가 한꺼번에 이쪽으로 쏠렸다고. 하룻밤에 말이야! 당신 나 위해 기도해준다고 했지? 고마워, 정말 고마워! 당신 기도가 이번에 제대로 들어 먹혔어!"

첫 번째 선물!

"저기, 뭐라고요? 잘 못 들었어요."

"아, 그래, 너무 놀라서 나도 상황이 잘 이해가 안 돼. 오늘 밤에 집에 가서 다 얘기해 줄게. 지금 총장님이 나 부르신대. 오늘도 조금 늦어. 그래도 오늘은 들어갈 거야. 이따 봐."

협박이 아니다. 이건 분명히 공격이다. 나는 공격을 받았다!

그냥 안 가면 해결될 줄 알았는데, 이런 식의 공격이 준비되어 있을 줄은 꿈에도 몰랐다.

게임이 시작된 거다. 내가 아무리 같이 놀지 않겠다고 해도 이미 놀이판은 벌어졌다. 장기판에 말들은 올려졌고, 그 사람은 이미 한 번 움직였다. 선수를 치다니!

그날 밤늦게 돌아온 남편에게 들은 이야기는 놀랍기만 했다.

"십억이라고요? 고마운 일이네요… 신학과 기숙사 증축을 앞두고 있으니 학교 입장에서는 반가울 테고…"

"다른 무엇보다 내 이름 앞으로 기부해 준 것이 가장 고마운 일이지. 당신도 알잖아. 노 교수가 지난번 김 교수 일 처리 때문에 징계위원회를 열려고 은근히 위원회 교수들에게 압력 넣고 있다는 걸, 과에서는 다들 눈치 채고 있었거든. 그럴만한 사항이 아니라고 아무리 설득을 해봐야 노 교수 눈치만 보는 주니어 교수들이야 어디 힘이 있나? 이게 순전히 시작은 국내파 대표인 노 교수가 우리 유학파들을 시기해서 생긴 일인데, 나도 이런 알력싸움에 말려들긴 싫지만 뭐 도대체 말이 되는 소리들을 해대야 말이지… 하지만 이제 노 교수도 나를 쉽게 대할 수 없게 됐어. 이사들이 오늘 점심 모임에서 내게 와서 서로 인사를 하느라 밥을 제대로 먹을 수가 없었다니까."

남편은 기대했던 것보다 더 좋은 크리스마스 선물을 받은 아이처럼 흥분해서 뺨마저 붉혔다. 나도 자기만큼 좋아하고 있는 것으로 보일까? 눈을 조금 더 크게 뜨고 지금 짓고 있는 이 표정보다 더 기쁜 표정을 하면 약간 과장되어 보일까? 좋아하는 것처럼 보여야 하는데… 버릇처럼 되어버린 공감의 표정 짓기. 이건 아마 첫 관계하던 날부터 시작되었을 거야. 페이크.

"학교보다도 당신에게 더 중요한 선물이네요…"

"거부할 수 없는 은혜지. 최서경 학생은 복덩어리야."

최서경 학생의 남편 양정후 대표가 학생 가족의 자격으로 지도교수님이신 이민규 교수님을 지정하여 학교 발전 기부금 십억을 투척했다.

"우리 감사 기도를 드리자고! 자자, 이러지 말고 다시 가정예배를 드려야지. 축복이 들어오기 시작하는데, 자세를 바로 잡아야 해. 우리 가정예배 그만둔 지가 벌써 한 달이 넘었어. 이젠 더 봐줄 수가 없다고. 그동안은 나도 학교 문제로 골치가 아팠지만 이렇게 좋은 날 감사 기도를 드려야지."

아, 수현이. 귀가 후에도 화가 안 풀려 말도 없이 자기 방으로 들어가 버렸다.

"잠깐만요, 오늘 수현이 기분이 안 좋아요. 내가 어젯밤에 깨워준다는 약속을 못 지켜서 오늘 시험도 망쳤고… 그냥 오늘은 우리만 좋아하고 지나가요. 수현이에게는 내일쯤 얘기해요."

나의 페이크 표정이 무너졌다. 남편은 급작스럽게 변한 내 분위기를 이해할 수 없어서 혼란스러워한다.

"그런 게 어디 있어? 고등학생 교내 시험 한두 번이야 망칠 수도 있는 거지. 아빠가 앞으로 이사들 눈에 들어 탄탄대로를 걷게 생겼는데, 잘만 하면 다음번 학장 자리도 내줄 모양이던데, 아빠가 잘되면 아들도 좀 좋아?"

아빠가 잘되면 아들도 좋은 거지, 맞지. 남편이 잘되면 아내가 덕을 보는 거지, 그것도 맞아. 그런데, 그래서, 그렇기 때문에, 항상 아빠가 잘돼야 하고, 남편이 잘되어야 한다. 그가 우선순위다. 언제나 그랬다.

"글쎄, 그래요. 그런데 오늘은 좀 참아줘요. 오늘만."

"그건 또 무슨 소리야?"

그게 무슨 소리인지 남편은 이해할 수 없다. 그런 걸 이해해본 적이 없이 살아왔다. 이해하지 않아도 살 수 있는 세계에서 살아왔으니 남편의 잘못만도 아니다.

"오늘은 나도 몸이 안 좋고… 그냥 자요. 너무 늦었어요. 내일, 내일 해요."

"참나, 이해가 안 가네. 다들 이 상황이 어떤 상황인지 파악이 안 되는 거야? 이게 어디 나 혼자 좋은 일이냐고. 가만있어 봐, 큰누님께 전화를 드려야겠어. 시간이 늦었지만 이런 일이라면 틀림없이 듣고 좋아하실 거야. 몸이 안 좋으면 먼저 자. 난 전화 좀 하고 올게."

얼마나 좋을까. 그래, 남편은 기쁜 거다. 목에 걸린 가시처럼 불안하던 학교 내에서의 자기 자리가 든든한 후원자를 만나 단단해졌다. 일시적인 후원자도 아니고, 아주 오래된, 아주 친밀한, 아주 특별한 후원자. 이제 남편은 자신이 생각하는 것들을 학교 운영자들에게 직접적으로 전달할 수 있는 약간의 자격이 생겼다. 기쁠 것이다. 기쁠 수밖에 없을 것이다. 이해해야 한다. 남편을 배려해야 한다. 남편이 그동안 받은 고통은 가정을 위한 것이었다. 남편도 가정을 위해 자기 자리를 지켜내느라 힘들었을 것이다. 아마 남편도 가정을 위해 그 모든 투쟁을 해왔을 것이다.

그는 아팠을 것이다. 나는 아팠다.

'몸이 안 좋으면 먼저 자.'

남편에게는 나의 어디가 어떻게 아픈지 그런 건 중요하지 않다. 그냥 자고 일어나 다음날이면 멀쩡하게 아침상이 차려지고, 집안일은 계속되어 왔으니까. 그동안 내내 그렇게 살아왔으니까.

그날 새벽 나는 고열에 응급실로 실려 갔고, 독감 처방을 받았다.

나의 독감 덕분에 수현이는 가정예배를 재개하려는 아빠의 공격을 한동안 피할 수 있었다. 하지만 영원히 피할 수는 없었다.

"수현아, 오늘 저녁부터 우리 다시 가정예배 드린다."

유일하게 함께 식사할 수 있는 시간은 짧은 아침식사 시간뿐이다. 현대 사회의 일정표라는 걸 아무리 애를 써서, 온갖 머리를 굴려 어떻게든 조정을 해봐도 밤 열 시 반까지 학교에서 자율학습 공부를 하고 열한 시가 다

되어서야 녹초가 되어 돌아오는 아이들과 함께 무언가 의견을 나눌 수 있는 시간은 많지 않다. 덕분에 무거운 이야기든, 중요한 결정이든 이 짧은 아침식사 식탁 위에 툭 던져질 수밖에 없다는 건 현대의 비극적인 장면 중 하나다.

대답이 곧 따라 나오지 않는 수현이의 태도에 긴장한 나는 얼른 시계를 보았다.

"수현아, 5분 남았다. 이 닦으려면 지금 일어나야겠다."

나의 긴장이 방아쇠가 되었다.

"아빠, 난 기독교인 아니에요. 내게 예배를 강요하지 마세요."

총소리는 크지 않았다. 하지만 목표물에 적중했다. 남편은 굳은 얼굴로 들고 있던 숟가락을 놓았다.

"난 교단소속 목사고, 신학생을 가르치는 교수다. 그리고 넌 내 아들이야."

"그게 나를 기독교인으로 만들지는 못해요."

이제 이들의 대화에 나는 끼어들 수 없다.

"수현아! 난 기독교인으로서 널 낳았어."

"난 사람으로 태어났어요! 기독교인이 되든 말든 그건 내가 선택해요."

"그만둬!"

화가 끝까지 치밀었을 때 남편이 내뱉는 말이다. 부부싸움에서는 한 시간 정도의 공방이 오고 간 다음에야 터지는 이 말을 수현이는 단 2분 안에 뽑아냈다.

"아빠도 믿지 않는 신을 왜 내게 강요하죠? 나도 아빠처럼 남들 의식하면서 외식적인 종교생활을 하길 바라시는 건가요? 아빠는 그렇게 해야 먹고사는 위치에 계시지만 나는 아니에요. 나는 숨 막히는 가짜 연기를 하고 싶지 않다고요."

"수현아!"

아들의 공격에 말문이 막힌 남편 대신 아들을 부른 것은 나였다.

"수현아, 이 닭을 시간은 없겠다. 이제 나가야 차 안 놓쳐. 어서 가."

어떻게 이런 말을 할 수 있지? 그것도 전혀 떨지도 당황하지도 않고서 말이다. 마치 이 말 한마디로 이전 3분간 있었던 일은 과거에서 통째로 삭제된 것 같다.

남편은 여전히 굳은 채 말이 없었고, 수현이는 가방을 들고 현관으로 나갔다. 수현이를 따라 나가면서 나는 그제야 온몸이 떨리는 것을 느꼈다. 지진이라도 일어난 듯 머리가 어지러웠다. 아마 독감 후유증이겠지…

"엄마, 죄송해요."

애써 담담한 아들의 목소리에 왈칵 쏟아지려는 나의 눈물. 하지만 나는 울지 않았다. 엄마는 등교하는 아들 앞에서 울면 안 되니까…

"그래, 고마워, 아들… 늦지 않게 귀가해야 해. 수업 시간에 집중하고. 알았지? 다른 생각은 할 거 없어, 응?"

수현이는 대꾸 없이 조용히 대문을 닫고 사라졌다.

수현이를 배웅하고, 식탁으로 돌아왔지만 남편은 없었다. 안방 침대 끄트머리에 힘없이 앉아 달그락, 딸각거리는 소음을 따라서 남편의 출근 준비를 쫓아가고 있던 나는 그 어떤 말도 없이 남편이 나가버리고 나자 참았던 눈물을 쏟았다.

열여섯 살 때까지 이렇게 울었던가? 엉엉 소리 내면서, 꺼억꺼억 소리 내면서, 숨이 멎어버릴 듯 소리도 없이 울다가 막혔던 숨을 몰아쉴 때는 괴성을 지르면서… 그러다가 지금 이 집에 나 혼자밖에 없다는 것이 얼마나 행복한가 하는 생각에 이르자 이번에는 미친 듯이 웃어댔다. 그러다 문득, 어딘가 창문이 열려있으면 어쩌지? 하는 생각. 닭장 같은 아파트 한구석에서 들리는 이상한 소음에 누군가 듣고 여기 미친 사람이 산다고 소문을 낼지도 모른다. 내 집이지만 나 혼자만의 집은 아닌 이상한 집, 아파트.

오늘 저녁에 두 사람이 들어오면 어떤 일이 벌어질까? 더 이상 진행시키고 싶지 않은 상상 속에서 다른 상상을 해보았다. 만약 둘 중 하나가 안 들어온다면 누가 안 들어오는 게 더 좋을까?

안 돼! 여기서 생각을 멈춰야 한다. 아니야, 안 돼! 안 된다고! 오, 이런! 나는 종잇장처럼 찌그러진 차 안에서 피투성이가 된 남편을 보고야 말았다! 그리고 금방 잇따라 밀려드는 죄책감. 아무리 전생의 원수가 부부가 된다지만, 그래서 원래부터 애증의 관계라지만 그런 상상을 하다니 인간적으로 너무하다. 너무해… 그보다는 차라리 이게 나아.

이어지는 건 최근 가끔 떠올렸던 그림. 목을 매고 축 늘어진 나. 그래, 이게 나아. 남편도, 아들도 아무도 잘못이 없어. 다 내 잘못이라고. 내가 아니었으면 태어나지 않았을 아이, 내가 아니었으면 더 좋은 사람을 만나 벌써부터 자리를 잡았을 남편. 목을 매고 축 늘어진 나는 익숙한 표정으로 내게 윙크를 보낸다. 이건 그렇게 복잡하지 않아. 딱 한 발만 건너는 것일 뿐.

누가 날 발견하게 될까? 남편? 그편이 낫지. 아들은 감당하기 힘들 것이다. 평생 트라우마로 남겠지. 내 오빠처럼… 한동안은 정상적인 삶을 살지 못하게 될지도 모른다.

친정엄마는? 맘에 안 차는 사위를 다시는 보지 않을 좋은 기회가 되겠지만 손자는 보고 싶어 하실 수 있잖아? 엄마는 언제나 강한 분이셨으니 이런 일도 잘 견뎌내실 거다. 혹시 하나뿐인 외손자를 못 보시게 된다 해도 친손자들이 있다. 친정엄마에게는 언제나 플랜B가 준비되어있었다. 어쩌면 내가 그 플랜B인지도 모르지만 어쨌든 플랜B가 없어져도 처음부터 우선순위였던 플랜A는 남아있는 거니까… 그래도 친정엄마에 대해서는 왠지 알 수 없는 안타까운 느낌이 든다.

의대생이었던 첫 미팅 상대가 자기 지식을 뽐낸답시고 했던 말이 떠오른다.

'그 어떤 질병의 증상에 처방할 수 있는 약이 많다는 건 말이죠, 무슨 뜻이냐 하면요, 정확하게 다른 말로 하자면, 그건 바로 그 병에 특효약이 없다는 뜻이에요. 딱 휘어잡아버리는 특효약! 임자, 적임자는 딱 하나뿐인 거죠. 자, 이쯤에서 우리가 서로 짝을 맞춰봐야겠죠? 그럼 각자 적임자를 찾아볼까요?'

모든 약엔 부작용이 있는 법. 그 친구가 첫 미팅 상대만 아니었어도 미팅이라는 것에 그렇게까지 비관적일 필요는 없었을 거다.

기억 속에서 이름도 없는 그 친구마저 소환하고 나자 나는 킬킬대며 웃었다. 울면서 앉아 있던 침대 맞은편 화장대 거울 속에서 나를 발견하니, 지금은 미소를 짓고 있다. 웃고 있어. 나쁘지 않은데? 목을 매기엔 조금 아깝다. 머릿결도 아직 윤기가 돈다. 삼십 대를 지나면서, 〈서른, 잔치는 끝났다〉고 노래하던 시집의 제목에만 동조하며, 나도 다 살았다고 생각했지만 마흔네 살도 아직 예쁘다. 너무 울어서 그런지 뺨은 분홍색이 되고, 입술은 빨개졌다. 오, 이런, 눈만 이렇게 붓지 않으면 그때 그 미팅 때의 얼굴도 찾아볼 수 있겠는데? 그래, 그냥 오늘은 목을 매지 말자.

그날 저녁 수현이는 집에 들어오지 않았다. 목을 맨 나를 남편이 발견하게 할 수 있는 절호의 기회를 놓친 것을 속으로 후회하고 있는 동안 남편은 아들의 담임교사에게 전화를 걸어 수현이가 있을 만한 곳을 알아냈다. 확인이 끝나자 남편은 지식인답게 굴기로 마음을 먹은 모양이다. 그날 밤은 더 이상 아무런 말도, 행동도 취하지 않았다.

수현이는 다음 날 아침, 하룻밤 신세를 진 친구 집에서 바로 학교로 갔다. 그리고 선생님의 설득 덕분으로 저녁에는 집으로 돌아왔다.

그다음 날부터 수현이는 새벽에 자전거를 타고 등교했다. 아침식사로

우유와 선식만 간단하게 챙겨 들고 가서 온종일 학교에 있다가 야간 자율학습을 하고 오면 샤워 후 곧바로 자기 방으로 들어가 불을 끄는 것 같았다. 아들의 신발이 현관에 있는 것을 확인하는 게 아들의 존재를 마주하는 유일한 방법이었다. 집에 있는 동안 굳게 잠긴 아들의 방문에 몇 번을 노크해도, 그 어떤 부름에도 응답이 없었다. 시간이 필요하다면 그렇게 두는 게 낫겠다고, 저녁에 집에 들어오는 것만으로도 다행이라고 마음먹으니 굳게 닫힌 아들의 방문을 바라보는 내 초조함도 조금씩 느슨해졌다.

3. 세 가지 규칙

그 후로도 열하루가 더 지난 아침, 설거지를 마치고 앞치마를 벗는데, 앞치마 주머니에서 그 소리가 울렸다.

띠링.

'보고 싶어요. 내일, 지난번 그 장소, 그 시간.'

내가 문자를 지울 수 있다는 생각은 하지 않는 걸까?

그런데 그가 맞다. 나는 그의 문자를 지우지 않았다. 첫 문자부터 단 한 글자도. 하긴, 지워도 별문제 없었을 것이다. 어떤 기억은 기억하는 것이 아니라 기억되는 것이다.

그 호텔 704호, 오후 열두 시. 이번에도 안 나간다면 무슨 일이 벌어질까? 이건 사실 의미 없는 물음이었다. 만나서 들어야 할 말이, 해야 할 말이 더 많았기에.

목걸이부터 챙겼다. 같은 장소에서 두 달이라는 시간과 함께 박제된 듯 목걸이는 같은 미모를 뽐내고 있었다.

연예인들의 긴 목에 걸렸더라면 더 예뻤겠지만 평범한 내 목도 이 목걸이 덕분에 더 예뻐 보인다. 평범한. 언제부터 연예인과 비연예인들로 인종이 나뉘기 시작한 거지? 아름다움에 대한 욕망은 모두에게 공평하건만, 마치 그 어떤 엄격한 기준이라도 있는 듯이 아름다운 것과 추한 것, 부한 것과 가난한 것, 건강한 것과 병든 것을 나누기 시작했다. 서울 사람과 지방 사람, 유학파와 국내파, 남자와 여자. 그런데 이 모든 구분의 기준은 우리 모두가 동의한 건가?

승자와 패자로 나누어진 세계. 그 어떤 영역에서도 승자와 패자가 존재한다. 구태여 처음부터 존재할 필요도 없다. 그 누군가가 자기 필요에 따라 어떤 새로운 기준이든지 만들어내, 사납게 들이대며 그 기준에 따른 승자와 패자를 갈라낼 수 있다. 승자와 패자.

넌 너무 길어, 넌 짧아. 누가 네게 그렇게 굵으라고 했어? 넌 너무 작잖아!

모두가 승자가 될 수는 없다. 승자의 기쁨을 위해서는 반드시 패자가 필요하니까. 결국 승자의 세상이 되어야 하니까. 하나의 세계, 하나의 시스템, 하나의 가치관. 선과 악. 선은 항상 옳고 악은 항상 그르다! 그래야 하니까. 안정적인 시스템을 위하여.

왜 모두가 이기려고만 하지? 왜 이겨야만 하는 건가? 누군가 질 수밖에 없다면, 꼭 실패해서 져야 하는 건가? 원치 않은 패배. 누군가는 자발적으로 선택할 수 없는 걸까? 패배를, 실패를. 그래, 너희가 다 이겨라. 내가 져줄게. 그런데 그거 아니? 지는 게 이기는 거다.

그렇구나… 지고 싶은 사람은 없다. 지는 게 이기는 거라고, 기실은 자기 능력 부족으로 지면서도 혼자만의 승리감이라 할지라도 역시 포기할 수 없는 거다. 비겁한 승리의 맛일지언정, 결국은 혀끝으로 핥기만 할 뿐이더라도 한 번쯤 맛은 보고 싶은 거다.

그 남자가 제안한 이 게임의 결과로 내가 얻게 될 감정은 불을 보듯 뻔하다. 분노, 절망감, 수치감, 모멸감… 이런 것들은 결국 내가 이 게임에서 패자가 되게 할 것이다. 이것은 결코 이길 수 없는 게임이다.

이렇게 생각하면서도 옷장을 뒤져 입을만한 옷을 찾느라 상기된 내 얼굴이 옷장 안쪽에 붙은 거울에 반사되었다.

'너 지금 흥분했구나. 첫 미팅 때보다 더 많은 것을 기대하고 있는 걸? 상대가 누군지는 이미 알고 있고, 무슨 일이 벌어질지도 실은 알고 있는 거야, 그렇지?'

그래, 결과도 알고 있어. 이미 말했잖아. 분노, 절망감, 수치감.

빨간 원피스는 너무 노골적이다. 차분한 대화를 위해서는 차분한 계열이 효과적일 것이다.

거울 속 여자는 날씬하고 몸매 좋은 아가씨가 아니다. 탱탱한 피부에 까르르 웃기만 해도 귀여운, 봉긋한 가슴의 앳된 숙녀도 아니다.

이십여 년 전쯤 강의실에서 열정적인 강의를 하시는 젊은 강사에게 반해 눈을 반짝이며 맨 앞자리에서 A 플러스를 따내고, 가끔 교정에서 만나면 차를 나누어 마시며 문학과 철학에 대한 이야기를 나누곤 했던 검은 단발머리 아가씨가, 이제는 십육 년 전 아들을 낳느라 약간 늘어진 아랫배와 역시 늘어진 두 가슴을 실내복으로 감싸고 이 집의 구석구석 어딘가에서 무언가 자잘한 일을 하며 어슬렁거리는 아줌마가 되었다.

흡사 남편이 논문을 위해 언젠가는 본다며 사두고 손도 대지 않고 쌓아둔 책들처럼 언젠가는 무슨 좋은 일이 있지 않을까 기다리며 흰 먼지를 덮어써 간다. 최근 발견하기 시작한 새치를 뽑으면서 거울 속 나에게 따져본다.

왜 계속 공부하지 않았니?

'그거 해서 뭐 하는데? 결국 다들 돈 벌고 잘난 신랑 만나 결혼하려고 하는 짓들인데, 임자 만났을 때 얼른 시집가는 게 최고지. 여자는 시집을 가야 해.'

그건 누구의 목소리도 아니었다. 나도 쉽게 동의를 해버린 그냥 공기 중에 퍼져있는 소리였다. 헛소리였다.

감색에 가까운 짙은 푸른색 원피스를 스팀다리미로 다리고 화장대 옆에 걸어두었다. 보석함은 화장대 위에 두었다. 이렇게 내놓아도 남편은 알아차리지 못할 것이다. 자기 일 외에는 어차피 관심 없는 사람이니까. 지금은 수현이도 자기 울타리에서 나오지 않고 있으니 아무에게도 어떠한 설명도 할 필요가 없다. 내일이다.

호텔 복도는 길었다. 빨간 카펫이 깔린 복도는 창문 하나 없이 조명만으로도 대낮같이 밝았다. 영화나 드라마에서 보던 것처럼, 어둠침침한 복도를 지나면 두껍고 붉은 커튼이 드리워진 채 커다란 침대 하나만 방 한가운데 덩그러니 놓여있는 방문을 열게 될 것이라는 예상은 보기 좋게 빗나갔다.

"어서 와요, 이나 씨."

그가 문을 열었다. 방문 앞에서 망설일 이유는 없었다. 방금 전에 나는 지금 이 상황을 누군가에게 들키지 않기 위해서라도 방문이 곧 열리기를 바라고 노크를 했었다.

"반가워요. 양 대표님."

진심이 나오고 있었다. 이해할 수 없는 두 달 전의 계약부터, 그리고 한 달 전 거액의 기부금이라는 장기판 말이 움직여 게임의 개시를 알리면서 내 마음속 복잡한 감정들은 희미해지고 아주 단순한 감정들만 남기 시작했다.

그는 말없이 나를 내려다보았다. 내 앞에 서 있는 이 신사는 짙은 베이지색 면바지에 흰 와이셔츠 차림이다. 늘 정장을 입은 모습으로만 만났었는데 이전과는 달리 조금 가벼워진 그의 옷차림에 호텔 방이라는 상황이 갑작스레 나의 볼을 뜨겁게 했다.

"앉아요. 두 달 전보다 날이 더워졌어요. 에어컨을 켰는데, 맑은 공기가 필요하면 창을 열어드릴게요."

방은 꽤 넓었다. 이 방은 내 상상 속의 방과는 많이 다르군.

내 생각을 듣기라도 했는지, 그는 자기 집을 소개하듯 방을 소개했다.

"내가 한국에 들어와 있는 동안 세를 얻은 방이에요. 일종의 사무실처럼 쓰고 있지. 호텔 서비스를 받으면 사무실을 따로 내는 것보다 편리해서."

그가 안내하는 대로 방 한가운데 놓인 제법 큼직한 원목 테이블로 갔다.

가장자리에 수를 놓은 흰 테이블보가 반의반으로 접혀 테이블을 둘러싼 여섯 개의 의자 중 한 의자의 등받이에 걸쳐져 있고, 한쪽 테이블 위에는 꽃병에 담긴 백합이 향기를 쏟아내고 있었다.

"테이블보는 맘에 안 들어서 걷었어요. 아직도 저런 걸 깔다니, 분위기를 죽일 셈이지. 꽃을 부탁하긴 했지만, 와인 향을 방해하면 안 되는데, 하필 백합을 보냈더라고. 어쩌면 누군가 분위기가 아니라 날 죽이고 싶었는지도 모르지."

웃음기를 가득 머금고 내게 던지는 그의 정보들을 이해하기 위해 계속 주변을 두리번거려야 했다. 테이블 가운데에는 와인 한 병과 두 개의 잔이 놓여있었다.

"죽여요?"

바보 같은 대꾸를 하고는 그가 빼주는 의자에 무너지듯 앉았다.

"아, 저 백합 말이에요. 사실 백합이 치명적인 향을 가진 것 알아요? 밀폐된 공간에서 백합을 채우고 잠들면 죽는대요. 이나 씨도 조심해요. 뭔가 낭만적인 죽음 같지만 역시 아직은 아쉽잖아요?"

농담인지 진담인지 알 수 없는 그의 말들을 들으면서 고개를 돌려 방을 전체적으로 둘러보았다. 복도 끝에 자리 잡은 방이라 방문이 있는 벽을 제외한 세 면의 벽에 창이 나 있었다. 보통 호텔 방 서너 개를 합친 것만큼 커다랗고 밝은 방이었다. 한쪽 편 창 아래 흰 침대가 보였다. 침대 위 흰 커튼이 에어컨 바람에 살랑거리고 있었다. 다른 두 면의 창은 커튼 대신 밝은 회색 블라인드로 반쯤 가려져 있었다. 침대 맞은편 창문 아래에는 검은 노트북이 엎어진 사무실용 책상과 제법 편안해 보이는 초록색 의자가 있었다. 그 옆에 깔끔하게 걸린 양복 두 벌과 하얀빛이 돌 정도로 반짝이는 검은 두 컬레의 구두들.

문과 마주하고 있는 가운데 창은 가까이 다가가 바로 밖을 내다볼 수 있었다. 원래는 텔레비전이나 화장대가 있었을 것 같은데 보이지 않았다. 대신 짙은 회색의 긴 가죽 소파가 창문과의 각도를 약간 비틀어 대각선으로 놓여있었다. 만약 저 소파의 각도를 똑바로 맞춰 놓았다면 이 방은 훨씬 굳어버린 느낌이 들었을 것이다. 저 소파의 방향을 비틀어 놓은 것이 이 방 이용자의 감각을 드러내 보였다.

다시 침대 쪽으로 벽을 따라가니 화장실과 샤워실이 보였다. 반투명하니까 분명히 잘 보이지는 않겠지만 그래도 유리로 된 칸막이라니, 한국인의 정서에는 맞지 않는다.

"와인 좋아해요?"

대답 대신에 다시 그에게 시선을 고정했다. 어느새 그는 와이셔츠의 팔을 걷어 올려 팔꿈치까지 드러내고 있었다. 갈색 체모. 한국인들에게는 흔치 않은 특징. 혹시 이 남자, 가슴에도 털이 있을까?

"이나 씨 취향을 묻지도 않고 골라서 미안해요. 오늘은 내가 추천하고 싶은 와인을 소개해주고 싶었어요. 브루노 지아코사, 바롤로에요. 이탈리아산인데, 아마 와인은 내가 더 많이 마셔봤을 테니, 내 추천을 따르시면 이나 씨는 시행착오를 줄일 수 있을 겁니다. 와인에 대해서는 앞으로 천천히 의견을 나누어 보죠."

마네킹이 되어버린 듯, 아니 그보다는 바보가 되어버린 듯 멍하니 그를 바라보고만 있는 내게 그는 잠시 뭔가 잊었다가 생각난 사람처럼 자기 의자를 당겨 내 옆에 가까이 앉았다.

"미안해요, 이나. 내가 준비한 것만 너무 신경 썼어요. 여기 오는 동안 힘들지는 않았어요? 불편하진 않았고?"

나는 갑자기 웃음을 터뜨렸다. 긴장이 풀린 탓인지 그의 모습이 설렜던 탓인지 알 수 없었다. 그도 웃고 있는 나를 미소로 받아주었다. 그렇게도 날카롭던 사냥꾼의 눈빛은 어디에도 찾아볼 수 없었다. 그는 내 남자친구가 되기로 작정한 것 같았다. 우리는 이십 대처럼, 아니 십 대처럼 마주 보고 웃고 있었다.

"하, 미안해요. 그런데 속은 후련하네요."

한바탕의 웃음소리가 방을 채우고 사라지자 한결 가벼워진 내 목소리가 먼저 그에게 말을 걸었다.

"잘했어요. 이나 씨 속이 후련하다니 내가 다 기뻐요."

그의 목소리는 진심이었다. 도대체 이 남자의 정체는 뭘까? 나는 다시 진지해져서 내 앞에 마주 앉은 남자의 눈을 뚫어져라 바라보기 시작했다. 이번에는 피하지 않으리라. 뭐가 어떻게 된 일인지 제대로 알아봐야겠어. 이봐요, 날 좀 봐요. 잠시 당신 눈 속을 점검해야겠어요.

그도 피하지 않았다. 내 의도를 알고 있다고, 내 요구에 응하겠다고, 그는 나와 눈높이를 맞추기 위해 상체를 약간 숙이고 내 얼굴을 마주했다.

두터운 눈썹, 부드러워 보이는 속눈썹, 눈꺼풀을 살짝 내릴 때만 보이는 얇은 속 쌍꺼풀, 부드럽게 흐르는 눈매, 그 눈매의 끝에 웃음을 따라 살짝 잡히는 잔주름, 두 개의 검은 눈동자, 눈동자 안의 까만 동공, 동공을 붙들고 있는 홍채들이 길이를 늘이고 줄여가며 내 눈동자와 하나가 되어가고 있었다.

가슴이 뛰어 더 이상 그의 눈을 들여다보고 있을 수가 없었다. 감은 내 눈꺼풀 위로 그의 손가락이 지나갔다.

"눈싸움은 내가 이겼어요, 이나 씨."

심장이 두들겨대는 불규칙한 박자에 어지럼증이 일었다. 그가 와인을 따르는 소리를 듣고 눈을 떴다. 시각 세포들이 와인 잔의 형체를 포착하기 전에 와인의 향기가 후각 세포들에 먼저 닿았다.

"향이 정말 좋아요."

"맘에 들어요? 자, 여기 고트치즈와 딸기. 이들은 제법 잘 어울려요."

그의 말 한 마디 한 마디가 달콤했기에 와인은 달콤할 필요가 없었지만 정말 맛있었다. 평소엔 냄새가 심하다고 생각했던 짭짤한 고트치즈도 신선한 딸기와 함께 그가 선택한 와인을 완벽하게 해주었다.

두 번째 잔을 채우면서 그가 말했다.

"이나 씨 나에게 묻고 싶은 거 있죠?"

귀신같이 아는구나. 내 속에 들어왔다 나갔다 하는 기술이라도 있는 건가?

이 편안한 분위기를 바꾸고 싶지는 않지만 반드시 짚고 넘어가야 할 부분이었다.

"그 기부금… 내게 문자로 첫 번째 선물이라고 하셨는데… 무슨 뜻이에요? 혹시 내가 그날 왔으면 내게 줄 돈이었나요?"

"내 대답이 이나 씨를 실망시키지 않아야 할 텐데…"

딱딱한 질문에 분위기가 바뀔 것을 걱정했지만 노련한 그에게는 별문제가 되지 않았다. 그는 장난스럽게 한쪽 눈썹을 찡긋거리며 대꾸했다.

"이나 씨, 설마 그게 당신에게 직접 줄 돈이었다고 생각하는 건 아니겠죠? 그건 제법 큰돈이에요."

말의 내용과 말의 전달방식 사이에 매력적인 차이를 만들어내어 이용할 줄 아는 이 남자.

"하지만 이나 씨는 고작 그 정도의 돈으로 살 수 있는 여성이 아니지. 솔직히 난 이나 씨를 살 수 있는 금액을 알 수가 없어요. My priceless."

이 두 번째 말을 하는 동안 그의 손가락은 내 뺨에 살짝 닿더니 흐르듯 목덜미까지 미끄러졌다.

"목걸이가 잘 어울려요. 정말 잘 어울려."

그의 목소리는 또 속삭임으로 변해있었다. 그가 이렇게 속삭일 때면 나는 아무 말도 할 수가 없었다.

"그리고 이나 씨 피부."

이제 그의 속삭임은 내 왼쪽 귓가에서 들렸다. 그의 뺨이 내 뺨에 닿을 듯 말 듯 망설이고 있었다.

"화장하지 않고도 이렇게 맑은 피부 톤을 가진 건 엄청난 자산이요. 이 유산에 대해서 이나 씨 부모님께 감사드려야겠어요."

잠시 그의 입술이 닿은 내 왼쪽 뺨은, 그가 쏟아낸 이 모든 달콤한 칭찬들에 비하면 내가 그에게 줄 수 있는 아주 사소한 보상이었다. 나는 그에게 매달리고 싶은 충동을 느꼈지만 돌부처라도 된 듯 막상 몸은 움직이지 않았다. 독한 담배를 한 모금 깊이 빨아들였을 때 뒷덜미를 타고 번져가는 짜릿함처럼 이미 사라진 그의 손끝과 입술의 흔적은 아직도 내 피부 위에서 후끈거렸다.

두 번째 잔을 건네주면서 그의 목소리는 다시 차분해져 있었다.

"그 기부금은 회사에서 이미 예정되어있던 거예요. 그날 우리가 만났다면 그 얘기를 내게서 직접 들었겠지. 그리고 난 이나 씨의 놀라는 표정을 내 첫 번째 선물에 대한 감사 인사 정도로 받을 수 있었겠지?"

피하기만 하면 될 줄 알았던 첫 번째 만남이 그에게 저지른 나의 무례함일 수도 있겠다는 생각이 들었다. 지금이라도 제대로 인사를 하면 어떨까?

"고마웠어요. 정말 제 남편에게는 중요한 계기였어요."

"학교 돌아가는 사정은 들어서 잘 알고 있어요. 뭐가 필요한지도. 우리 회사도 어차피 기부 대상이 필요했었고. 그렇지만 그 돈 자체가 선물은 아니에요. 내가 아무리 돈 돌리는 사업가라지만 돈이 선물이라니, 너무 지겹지 않아요?"

한 번이라도 그게 지겨워 봤으면 좋겠네요. 이런 생각을 들킬까 봐 나는 얼른 고개를 숙였다. 내 생각을 이미 읽었을 것 같은 그는 상관없다는 듯 자기 말을 계속했다.

"사실 첫 번째 선물은 약속이에요. 나와의 만남으로 이나 씨의 어떠한 상황이 바뀐다거나 하지 않겠다는 약속. 안전에 대한 보장이랄까? 이나 씨 신분, 가정, 무엇보다도 명예를 지켜주겠다는 약속이지. 그러려면 무엇보다도 이 박사님 신분이 안정적이어야 하니까."

문학적, 아니 이건 사업가적 모순인가요? 나를 호텔 방으로 불러들여 놓고 나의 명예를 지키고, 가정을 지켜주겠다니요?

혼란스러웠지만 그의 논리 때문인지 오랜만에 마시는 와인 때문인지 알 수 없었다.

"우리 창가로 갈까요? 역시 와인 마실 때 백합은 아니야."

그는 나를 데리고 소파로 갔다. 창문을 반쯤 열자 5월 초의 산뜻한 공기가 밀려들어 왔다. 그는 내 옆에 앉았다. 그의 허벅지의 단단함과 따스함이 그대로 전해졌다.

"이나, 이 만남에는 우리만의 규칙이 있어요. 정확하게 말하자면 이나 씨를 위한 규칙이에요. 만약 이 규칙들 중 하나라도 어긴다면 그날부터 모든 것은 우리 만남 이전으로 돌아갈 거예요."

"그럼 내가 이 만남 이전으로 돌아가고 싶다면 당장 규칙을 깨면 되겠군요?"

그의 미간이 살짝 찡그려졌다. 아, 나는 왜 이렇게 바보 같은 소리만 하는 거지? 그의 말을 다 들어보지도 않았잖아. 이 사람, 기분이 상하진 않았을까?

"좀 더 들어보고 결정해도 늦지 않아요. 내가 말했죠? 이 모든 건 이나 씨를 위한 거라고. 이나 씨가 그렇게 쉽게 포기할 만큼 내 제안이 시시하면 난 시작도 안 해요. 내가 사업가라는 걸 잊지 말아요. 상대방이 원하지 않는 상품을 내놓고 거래를 시도할 만큼 멍청한 사업가는 없어요. 오히려 상대가 필요로 하지 않더라도 원하도록 하는 게 사업가지."

"네."

고분고분 그의 말을 들어보기로 마음먹은 순간, 나는 '네'라고 대답할 수 있었다. 그는 내 눈을 들여다보며 차분하게 말했다.

"이나 씨, 앞으로는 당신 자신이 되도록 해요. 아름다워져요. 누군가의 대상이 아닌 당신 자신만을 위해서. 이나 씨만의 아름다움을 포기하지 말아요. 이미 가진 것들을 무시하지 말고, 가질 필요 없는 것들에 주눅 들지 말아요. 이나 씨, 알고 있어요? 당신 숨 막히게 아름답다는 거? 하지만 지금은 그 아름다움이 숨어있어. 제발 당당해져요. 당신 자신이 되는 걸 두려워하지 말아요. 자신에게 더 충실해져 봐요. 당신의 것들을 빼앗기지 말아요. 이제부터 남은 시간은 온전히 당신만의 것이어야 해요. 누구도 아닌 오직 당신 자신을 위해서. 이게 우리의 첫 번째 규칙이에요."

무슨 말을 들었는데, 무슨 말인지 도무지 알 수가 없었다. 어디서 들은 말 같기도 하고 처음 듣는 말 같기도 했다. 한국말인데 외국어 같고, 외국어인데 한국말처럼 들리는 것도 같았다.

"앞으로 내 아내도 당신 남편도, 그 어느 누구도 우리의 이야기 대상으로 올라올 필요 없어요. 그런 걸로 시간 낭비하지 맙시다. 당신과 나, 아니 오직 당신 이야기만 해요. 나와 만나는 동안은 안이나만 있는 거예요."

아, 나를 주인공으로 만들겠다는 거구나. 이 드라마의 주연이 확정되었다.

"두 번째 규칙, 나와 만나는 동안 어떠한 거짓도 없어야 해요. 나를 배려한 그 어떠한 작위적인 태도도, 페이크 오르가슴도 전혀 허용하지 않겠어. 솔직하고 투명하게. 당신의 느낌, 당신의 감각에만 집중해요. 그리고 나에게 절대 '사랑한다'고 말하지 말아요. 그건 우리 사이의 금지어에요."

"뭐라고요?"

역시 이 드라마가 멜로드라마는 아니군. 오르가슴이라니, 어쩜 그런 말을… 사랑한다는 말은 안 되고, 오르가슴은 되는 거야?

"그 대신 다른 표현은 얼마든지 환영이에요. 애매한 것보다는 분명한 것이 좋아요. 하고 싶다, 원한다, 뭐랄까… 갖고 싶다? 보다 예술적인 표현일수록 좋아요."

저렇게 차분한 목소리로 어쩜 저렇게 야한 말들을 할 수 있지? 너무 하잖아… 그래, 이 드라마는 예상대로 결국 19금이군.

그의 목소리가 만들어내는 마법이었을까? 묘하게도 나는 그 어떠한 불쾌감도 느끼지 못한 채 어느새 그의 말을 그대로 흡수하고 있었다.

"이나 씨의 문학적 상상력을 발휘해 봐요. 솔직히 기존의 식상한 표현들 말고 당신이 새롭게 만들어낼 것들이 있을 거야."

"당신을 죽여 버리겠어, 이런 거요?"

그의 말을 순순히 따라가던 내 머릿속 어디선가 갑자기 튀어나와 도전적으로 대꾸하는 이 애송이는 반항심만 가득한 채 매력은 하나도 없는 말괄량이 소녀였다.

생애 처음 술에 취한 날, 좋아하는 선배 앞에서 술김에 고백하려다 주사를 부리고 말았을 때, 그 후배의 등을 토닥이면서 아무것도 듣지 못했다고 안심시켜주는 선배처럼 그는 내 말을 부드럽게 받아쳤다.

"조금 더 찾아보죠. 그것도 좋지만. 그런데 느낌은 그게 아니에요. 솔직히 말해서 아직은 이나 씨가 날 죽일 만큼은 안 되니까. 그리고 말했죠? 페이크는 안 돼요. 논리와 기교가 아니라 그 순간순간 당신 내면에서 흘러나오는 것들을 보여줘요."

졌다. 난 이 남자를 이길 수 없다. 그런데 이기고 싶다는 생각이 자꾸 든다. 여기서 포기하거나 항복하고 싶지는 않아. 이 게임을 계속해보고 싶어!

"마지막 세 번째 규칙은 이 만남의 마지막을 위한 거예요. 어느 날이든 헤어지겠다는 결심이 서면 이별은 당신이 먼저 말해요."

시작과 끝을 완벽하게 조정하고 있다는 선언이었다. 그는 이 게임의 룰을 철저하게 통제하고 있었다. 게임의 규칙들은 완벽했다. 내게 어떠한 선서나 사인을 요구할 필요도 없었다. 그의 말을 들으면서 나의 눈빛은 이미 그에게 '예'라고 답하고 있었고, 그건 누구보다 그가 잘 알고 있었을 것이다.

"그런데 왜 이런 일을 하시는 거죠?"

내 안에서 결코 사라지지 않는, 이 호기심 많은 말괄량이의 방해.

"이런 일? 애인 삼는 일? 이나 씨는 내 애인이 되고 싶지 않아요?"

"나는 결혼한 여자고…"

안 되겠다. 이 지독하게 고리타분한… 그만해, 이 사람이 화를 낼 거야!

"나도 결혼한 남자예요. 그런데?"

그의 대답은 뜻밖에도 가벼웠다. 게임 진행을 방해하는 어린아이의 위험한 활보를 잠시 너그럽게 봐주기는 하겠지만 판 자체를 깨지는 못하게 하겠다는 분명한 의지를 그의 표정이 뚜렷하게 보여주고 있었다.

"이나 씨 생각에는 결혼한 사람들은 사랑을 나눌 수 있는 애인이 있으면 안 되는 건가?"

"적어도 결혼의 서약에는 어울리지 않아요!"

내 안의 방해꾼도 쉽게 물러갈 생각이 없었나 보다.

"결혼은 사랑의 무덤이라는 말 들어봤어요?"

"그건…"

"본능에 충실한 카사노바들이나 하는 말이라고 하고 싶은 건가? 그럼 이나 씨는 어때요? 당신은 그렇지 않아요?"

"사랑은… 불같은 열정만은 아니에요."

그래, 어른들이 늘 하시는 말씀이지. 그렇다고 생각하니 모든 것이 받아들이기 쉬웠다. 원래 그런 거야. 다들 그런 거야.

"열정만은 아니라는 데는 동의해요. 사랑은 오히려 예술에 가깝지."

예술이라는 이 남자의 사랑이 궁금해진다.

"이봐요. 이나 씨. 많은 사람들이 그렇게 살아요. 나도 알고 있어. 결혼과 임신, 양육, 그리고 가정, 의무, 그러다 일상 속에서 불꽃은 꺼지고 열기만 남지. 따뜻한 가정. 어느 순간부터 부부는 우정으로 사는 거예요. 어차피 같이 늙어가니까 그렇게 타협하는 거지. 어느 날인가는 나도 그렇게 될 거요. 나도 불사는 아니니까. 메멘토 모리."

긴 침묵이 흐른다. 모든 것이 취소되는 순간, 평화협정에 서명을 하고 전쟁은 끝났음을 선언하는 일만 남은 순간. 게임은 종료되었습니다. 그런데 GAME OVER는 왜 항상 모두 대문자일까?

"우리들의 소위 문명사회에서 보통은 20대 초반에 사랑에 빠지도록 허락을 받지. 다행히 영리한 인류는 다양성을 선택해가고 있지만 여전히 대부분은 20대 후반을 넘기지 않고 상대를 골라야 한다는 압력에 의해 누군가의 손을 잡고 예식장을 걸어 나와요. 그다음부터는 모든 스위치를 꺼버리지. 사랑받을 권리, 아름다워질 의무, 매혹적인 자기 자신이 되고 싶다는 자기 내면의 생명력에 쉽게 사망 선고를 해요. 안정적인 사회 시스템을 위해서."

"어려워요. 무슨 말인지 모르겠어요."

거짓말이었다. 그의 입술을 떠나는 단어 하나하나를 그대로 이해할 수 있었다. 내가 그의 말을 이해하고 있다는 것을 감추기 위해 나는 눈을 감았다.

"우리가 결혼식장을 나온 그 상태로 죽을 때까지 살아진다면 결혼 제도는 옳아요. 하지만 변하지. 생각도, 가치관도, 기준도, 소위 이상형마저도.

그런데 내 짝은 그날 선택한 그 사람 그대로야. 자, 이제 이 난감한 상황을 어떻게 하면 좋을까?"

신 앞에, 혹은 많은 지인, 친인척 앞에서 단 한 번 '예'를 외치면서 시작된 거룩한 혼인 서약. 그리고 부여받는 정숙한 아내라는 호칭. 검은 머리가 파 뿌리가 되기까지. 남편이 사랑해주든 말든, 아내는 가정부가 되어가든 말든, 오직 자기 아이들을 키워내는 유모, 교사, 매니저로 살면서 본래 자신들의 꿈 따위 땅에 묻어버리든 말든, 새로운 상대를 찾는 수고에 드는 모든 비용도 덜고 그 어떤 전희도 필요 없이 바로 응대할 수 있는 욕구 해소의 대상으로 매일 밤 대기 중인 서로의 도구가 되어버리는 부부. 오직 검은 머리 파 뿌리가 되도록 같은 모습, 같은 지위여야 하는 결혼. 이건 영원히 변치 않는 신의 이미지만큼이나 신화적이다.

"함께 발전해가야죠. 가치관도, 기준도 서로 맞춰가고, 서로 가르치고, 도우면서…"

많은 좋은 사람들이 훌륭한 책들을 통해 우리를 위로한다. C'est la vie. 다 그렇게 살아. 노력해야지. 그런 거야. 원래 그런 거야. 보통의 삶. 보통의 사랑. 평균적인 삶. 균형 잡힌 안정.

단도직입적인 그의 대꾸는 차가웠다.

"가능했어요?"

노력해봤느냐고? 지금 남편 아닌 남자와 호텔 방 소파에 무릎을 대고 앉아 있는 내가 대답할 수 있는 질문은 아니다.

"노력하는 부부들이 있어요. 분명히. 겉으로도 완벽해 보이는 부부들이지. 서로 진심으로 사랑하고 사랑은 만들어가는 거라고 믿는 이들이지. 그들에게는 묻지 맙시다. 부부의 일은 부부만이 안다고, 겉으로 보이는 그들의 행복이 내면 깊이도 그러했느냐고 묻는 건 어쩌면 실례일 거예요. 그들이 그렇게 믿고, 우리에게도 그렇게 보였다면 그냥 그렇게 받아들이자고요. 하지만 때로 그들의 노력을 엉뚱한 데다 쏟는 이들도 있어요. 소위 종교에 빠지는 경우지. 내가 가장 혐오하는 케이스에요."

최서경 학생.

"그럼, 당신은 신을 믿지 않나요?"

"신이 필요할 만큼 인간들이 연약하다는 것은 사실이지."

미국과 한국을 오가느라 바쁘긴 해도 그는 상당히 큰 규모의 교회에서 활동하는 장로다. 그의 아내는 목사고시를 치르면 곧 목사가 된다.

"이봐요, 이나. 만약 신이 있다고 하더라도 그 추종자들이 믿고 싶어 하는 그런 모습의 신은 절대 아니에요. 그건 오즈의 마법사죠. 만일 우리에게 포착되는 신이 있다면 그는 우리의 수준, 우리의 포착 능력 이하일 수밖에 없다는 거, 한 번도 생각해본 적 없어요?"

어쩌다가 이야기가 이렇게 흘렀지? 아까는 사업가였던 그가 지금은 철학자다.

"이봐요, 이나 씨. 혼자서 조금만 책을 뒤져보면 종교의 교리라는 건 역사 속에서 일어난 세력들이 자기 세력 확장을 위해 선택한 규범과 논리들이라는 걸 금방 알게 될 거예요.

전쟁 전후 한국에는 이십 세기 미국의 뒤늦은 식민주의를 품고 들어온 복음주의가 뒤덮었지. 당시 전쟁 폐허에서 일어나기 위해서 사회의 단합된 힘을 모으는 데는 도움이 되었지만 지금 이 사회에는 전혀 어울리지 않아요. 오히려 아주 부적합하지. 그러니 종말론들이 판을 치는 거예요. 자기들 상상 속에서만이라도 이 사회를 한번 뒤집어 보고 싶은 거지."

그의 빠른 말은 이해하기 어렵지 않았다. 요약된 역사 다큐멘터리를 보는 느낌.

"이나 씨는 신에게 칭얼대지 말아요. 매력 없으니까. 가장 게으르고 유치한 발상이야. 책임은 전가하고 싶고, 보상은 받고 싶은 도둑놈 심보요.

이번 생은 망했으니, 다음 생을 고대해본다는 어리석고 게으른 심보야.

인생에게 시간이 유한하다는 것을 진정으로 깨달은 자들에게는 게으름이야말로 죄악이야. 메멘토 모리, 그리고 다음이 뭔지 알아요?"

철학자인 그는 조금 슬퍼 보였다.

"카르페 디엠. 주어진 단 하나의 오늘을 잡아야 하는 내가 원하는 건 바로 사랑이요. 난 사랑을 원해요. 심장 떨리고 피가 뜨거워지는 달콤한 만남. 결혼한 사람이 다른 대상을 찾는다면 쉽게 원나잇 스탠딩을 생각할 수 있지만, 천만에. 나는 솔직히 원나잇이 사랑이라고 생각하진 않아. 하물며 그건 욕망도 아니야. 욕정이지. 그들 사이의 차이는 예술적인 아름다움의 유무에 있지."

이것이 예술이라고 했던 그의 사랑인가?

"내가 선택한 방식은 안전하고 아름다워요. 특히 자신의 결혼이 불행하다는 것조차 깨닫지 못하다가 자기 내면의 생명력에 눈뜨고 자신의 아름다움을 찾아가는 여성들을 보는 기쁨이란… 세상을 계몽시키는 기쁨이랄까?"

그는 잠시 쿡쿡대며 웃었다. 자기가 계몽시킨 과거의 여성들을 기억해내고 있는 걸까?

"그리고 나도 근사한 애인이 되기 위해 엄청난 노력을 한다는 걸 알아줘요."

걷어 올린 와이셔츠 소매로 드러난 단단해 보이는 팔뚝이 내 등 뒤로 소파 등받이에 걸쳐진 채 그의 말을 증명해주고 있었다. 푸른빛이 선명한 굵은 핏줄이 등나무처럼 얽히고설킨 커다란 손등, 깔끔하게 손질된 손톱. 저 와이셔츠 밑에는 나이 들면 다 생기게 마련이라는 아랫배 한 줌 없이 매끈한 등과 배가 슬쩍 비친다.

"당신이 내 첫 번째 애인일 거라고 생각하지는 말아요. 그건 나는 물론,

당신 자신에 대한 모독이기도 하니까."

내가 아무 대답도 안 한 지 꽤 오랜 시간이 흘렀다. 하지만 필요 없는 대답은 안 하는 것이 더 낫다는 기존의 교훈을 새로 배운 날이다.

"내 마지막 애인이 되겠다면 내게 남은 시간이 얼마 없다는 전제로 가능할 겁니다."

순식간에 산처럼 커져 버린 이 사람의 애인이 된다는 것이 한없이 무거운 느낌이 들었다. 마치 그 산 전체가 나를 덮치는 것 같았다. 이런 내 느낌을 알았기 때문인지, 아니면 전혀 모르고서 그랬는지 그는 내 어깨를 양손으로 잡아 일으켜 세웠다. 이제부터 뭔가 시작되는가…

"자, 그럼 오늘은 여기까지 할까요? 많은 대화로 우리들의 첫 만남을 채웠군요. 의미 있는 시간이었어요. 이제 작별 키스를 해도 될까요?"

작별 키스라고? 오늘은 이게 다인가? 그가 한걸음 다가오자 내 눈앞은 창에서 쏟아지는 햇빛이 반사된 그의 하얀 와이셔츠의 눈 부신 빛이 사방으로 연장되어, 흡사 알래스카의 눈밭이 펼쳐지는 것 같았다. 나는 아주 잠깐, 어쩔 줄을 모르다가 그냥 눈을 감아버리기로 했다. 작별 키스, 그가 알아서 할 거야.

익숙한 스킨 향이 쏟아져 내렸다. 그리고 곧이어 그의 입술이 꼭 다문 내 입술에 살포시 닿았다.

입맞춤. 짧았다. 서로의 입술 위에 살짝 머물다간 그야말로 입술 표면적끼리의 맞부딪힘.

"후후…"

그 웃음소리를 글로 쓸 수 있다면 좋으련만. 아마 절대로 불가능할 것이다. 녹음기로 녹음을 한다고 해도 그것은 그 웃음소리가 될 수 없다. 그의 표정과 분리된 웃음소리는 아무 의미가 없으니까.

"이럴 줄 알았어. 이나 씨 당신, 얼마나 오래된 거야? 족히 십 년은 지난 것 같은데?"

무슨 말인지 알아듣는 내가 부끄러웠다. 배꼽 아래에서부터 뜨거운 수치감이 심장까지 고속으로 달려왔다.

내가 그 수치감에 대해 어떠한 반응을 보이기도 전에 그의 입술이 다시 내 입술을 덮었다. 그 속도감에 몸이 살짝 흔들리는 바람에 나는 본능적으로 넘어지지 않으려고 손가락 끝으로 그의 팔을 잡았다.

이번에는 쉽게 떨어지지 않았다. 내 콧대를 살짝 비켜난 그의 코끝에서는 뜨거운 김이 뿜어져 나왔다. 열기. 내 왼쪽 뺨으로 그의 코끝의 열기를 느끼는 동안 내 입술을 덮은 그의 입술 안에서 조심스레 나온 혀가 내 입술 선을 따라 지나갔다. 입술을 열어주세요, please.

내 열린 입술로 그것은 더 이상 안으로 들어오지 않았다. 처음 방문한 집의 거실에만 머무르는 예의 바른 손님마냥 그의 입술은 내 입술을 무릎 덮개처럼 덮어주고 그의 혀는 점잖은 태도로 나의 윗입술과 아랫입술 사이를 살며시 거닐고 있었다. 그 매력적인 정중함에 그의 팔을 잡은 나의 손가락이 점점 그에게 반하고 있었다.

젖은 입술들이 비벼지며 생기는 마찰음을 그의 거친 호흡이 불규칙적으로 가로막았다. 거칠지만 야만적이지 않은, 날 것이지만 비리지 않은 낮은 신음이 계속되며 지속된 이 몇 분간의 암전 속에서 감히 눈을 떠볼 엄두도 못 내고, 도착지가 어디라도 좋으니 이대로 끝없는 바닥으로 가라앉고 싶다고 생각하던 내게서 곧 바이올린 '라' 음의 소리가 도저히 믿을 수 없는 떨림으로 변하여 입술 사이로 흘러나왔다. 잠시 암전. 몇 초의 정전 후 다시 전기가 들어온 것처럼 그대로 마주 서 있는 우리.

"흠, 조금 아픈데요?"

그가 걷어 올렸던 와이셔츠를 내리는 동안 그의 팔에 내가 새긴 선명한 손톱자국을 보았다. 부끄러워야 마땅했는데 잠깐, 아주 잠깐 번개가 번쩍

일 만큼의 틈으로 가슴 벅찬 자랑스러움이 떠올랐다.

혼란. 인정할 수 없는 감정. 허용되지 않는 감정을 어떻게 처리하는지 배운 적이 없다는 생각이 들자 지금은 그 어떤 것도 판단할 때가 아니라고 판단할 수밖에 없었다.

"오늘은 시간이 다 됐네요. 아쉽지만 다음 달에 만나요. 아까 이나 씨 도착할 때 택시로 오는 걸 보고 로비에 돌아가는 택시를 부탁해놨어요. 가서 안내받아요."

그는 문 앞에서 내게 작은 봉투를 내밀었다.

"두 번째 선물."

자동으로 손을 뻗는 내 앞에서 그는 장난스럽게 봉투를 다시 거두었다.

"지금 말고 집에 가서 본다고 약속해요."

"네."

"잊지 말아요. 난 돈 선물을 싫어한다는 거. 돈은 교환권 같은 거예요. 다른 가치로 바꾸기 전까지 그건 아무것도 아니에요."

그가 내 손에 쥐여준 작은 봉투 안에 든 것은 다른 가치로 바꾸어야 하는 교환권인 거다.

집에 가서 본다고 약속했지만 문을 나오면서 나는 봉투를 열고 있었다. 그의 이름이 새겨진 체크카드, 그리고 네 개의 숫자와 그의 단정한 글씨가 적힌, 같은 크기의 희고 도톰한 종이.

'가장 이나 씨다운 모습으로 새롭게 태어난 것을 미리 축하하며.'

복도를 걸어가는 동안 의식은 점점 또렷해졌고, 예상했던 분노나 절망감, 수치감 중 그 어떤 것도 느껴지지 않았다. 나는 행복감을 느꼈다.

그렇게 우리의 게임은 진행되었다.

4. 아들의 비밀

은행 자동화 기기에서 나온 영수증 위에 생각해본 적 없는 개수의 동그라미가 박힌 것을 확인하고서 나는 그 카드를 다시 벗은 목걸이와 함께 옷장 속에 숨겨두었다. 처음 느껴보는 짜릿한 키스를 나눴다고 해서, 일반적인 상식을 가진 대중들에게 설명할 수 없는 규칙들에 서로 동의를 했다고 해서 그런 금액을 들고 백화점을 돌아다닐 만큼의 행동력이 아직은 내게 없었다.

보름이 지나면서 비밀을 가진 사춘기 소녀처럼 나는 혼자 멍하니 생각에 잠기기 시작했다. 그와의 만남 동안 수현이 생각을 한 번도 하지 않았다는 것이 떠올랐을 때의 내 감정은 놀라움을 넘어 신기함에 가까웠다. 기부금 얘기를 하느라 잠깐 남편을 떠올리긴 했었지만 그 비중의 가벼움 역시 마찬가지였다.

죄의식마저 느끼지 못하다니, 난 버림받은 모양이다. 오, 신이시여, 어찌하여 나를 버리시나이까!

'만일 우리에게 포착되는 신이 있다면 그는 우리의 수준, 우리의 포착 능력 이하일 수밖에 없다는 거, 한 번도 생각해본 적 없어요?'

놀랍게도 정확하게 그와 같은 생각을 해본 적이 있다. 어느 기도 시간, 불현듯 신을 부르고 나서든 느낌.

'내가 신을 정말 알까? 과연 내가 부르는 것이 신일까?'

내 양은 내 음성을 알며… 자기 목자를 안다고 했다. 그의 양이라면… 그리고 목자는 양을 모아들인다. 나를 푸른 초장에 누이시며, 쉴 만한 물가로 인도하시고… 순수함, 평안, 안정, 그리고 그렇게 고정. 액자 안의 그림처럼…

우리는 또 무슨 이야기를 했었지? 결혼? 사랑… 사랑은 예술이라고 했다. 그리고 우리는 키스를 했다.

그의 입술이 다가올 때처럼 조심스럽게 창틀을 넘어오는 이른 아침 시간의 햇살에, 덜 깬 잠에서 다시 멍해지려는 순간 귓가를 때리는 날카로운 소리.

"네 친구 영준이 때문이냐? 치킨집 하는 이혼모와 산다는 그 친구?"

"아빠!"

그 달콤했던 첫 키스의 기억에 끼어든 날카로운 두 사람의 고함 소리가 나를 현실로 잡아끌고 나왔다. 모처럼의 공휴일이라 아침잠이 길어지길 기대했는데, 남편은 좀처럼 만나기 어려웠던 아들과의 대면의 기회로 이 날을 벼르고 있었던 모양이다. 거의 한 달 만에 수현이는 자기 방문 가에 서 있는 아빠와 마주칠 수밖에 없었다.

아빠의 계획을 미리 알았더라면 수현이가 아침 일찍 독서실로 달아날 수도 있었겠지만 오늘은 좀 지쳤던가 보다. 어제 평소보다 일찍 들어오는 걸 보고 어디 몸이 아픈 건 아닌지 걱정이 되긴 했었다. 내게는 괜찮다는 짧은 대답만 했었는데, 약통을 뒤졌었던 것 같다. 부엌 식탁 위에 놓인 두 통약 껍질과 빈 물 컵.

아버지로서 언젠가는 아들과 진지한 얘기를 해야겠다고 벼르고 있었겠지만, 저이는 아들의 이런저런 상황을 살피고서 저러는 걸까? 하필 이런 날 아들의 방문을 밀고 들어갈 필요까지 있었을까?

"부모가 이혼했다고 모두 그 친구처럼 되지는 않아. 수현아, 그 녀석은 학교 적응도 못 하고, 성적도 안 좋다며? 그런 환경에서 교회도 안 다니는 그런 애들은 결국 사회의 실패자일 뿐이야. 그런 녀석들하고 어울려봐야 대학 가는 데 아무 도움도…"

정말 못 들어주겠다. 순국선열들을 기리며 조용한 휴일을 보내려던 6월의 아침은 글렀다.

"무슨 일이에요, 아침부터. 휴일이라 동네 사람들 다 쉰다고요. 목소리 좀 낮추세요."

말은 그렇게 하면서 남편에게 다가서는 내 목소리도 높아져 있었다.

"수현 엄마, 당신도 잘못한 거야. 수현이가 그런 녀석들하고 어울리지 못하게 미리 막았어야지. 아이가 교회도 거부하고, 점점 세속적으로 노는데…"

말리려고 끼어들었는데, 싸움터의 한복판에서 나도 잽을 얻어맞았다.

"아빠는 뭐가 달라요? 왜 사람을 차별하고 그래요? 교회하고 세속하고 뭐가 달라요? 더하면 더했지 교회나 세상이나 별로 다르지도 않아요!"

나의 등장이 수현이에게 어떤 용기를 주었는지 모르지만 무언가 준비되었다는 것을 느낄 수 있었고, 그것은 정확하게 어떤 두려운 모습을 하고 있을 것으로 예상되었다.

"이 녀석, 이거, 말하는 거 봐. 너 언제부터 이렇게 된 거냐? 응? 세상과 교회가 뭐가 다르냐니? 그게 목사 아빠에게 할 말이야?"

"아빠는 영준이가 가난하다고 무시하는 거예요. 가난하고 공부 못한다고. 걔네 엄마가 이혼했고, 걔는 대학에 갈 생각이 없기 때문에 무시하시는 거라고요. 아닌 척하면서 아빠 머릿속에는 사람들을 계급적으로 차별하고 계시잖아요!"

"그건 엄연히 존재하는 거야!"

이건가? 다가오는 안개처럼 나를 덮치던 두려움의 모습이?

아무도 아무런 말도 하지 않고 잠시 시간이 지나갔다. 그사이에 먼 기억 저편에서 내 오랜 친구 하나가 떠오른다.

'이나야, 우리 엄마가 그러셨는데, 진짜 친구는 늙어서도 만나서 같은 취미생활을 할 수 있는 친구여야 한 대. 그러니까 골프 여행이면 골프 여행,

64

세계 여행 크루즈면 크루즈… 그때가 되어서, 그러니까 애들 다 키우고 나이 들어서도 생활 수준이 맞아서 그렇게 같이 시간을 보내고, 같은 활동을 할 수 있어야 진짜 인생 친구래.'

그때도 이미 골프, 크루즈 여행을 할 수 있었던 그 친구는 혹시 내가 그럴 수 없는 상태로 자기 옆에 남아있게 될까 봐 두려워하는 것 같았다. 그래서 나는 그 친구가 더 이상 두려워할 필요가 없게 도와주었다. 친구를 돕는 것, 나에게 진짜 친구란 그런 것이었으니까.

이십일 세기. 신분과 계층이라는 건 없다고 다들 생각한다. 눈에 보이는 건 없다고 해야 옳다. 하지만 그것은 진짜 보이지 않는가?

'남보다 낮고 싶은 나'들이 넘실대는 이 지구 위에서 나보다 나은 누군가 앞에서는 주눅이 들고, 나보다 못한 남을 보는 순간 아까 그 주눅 들었음을 보상받고자 하는 '나'들이 넘실대는 이 지구 위에 언젠가, 한순간만이라도 그 모든 차이가 완전히 없어지는 날이 올 것이라고 기대할 수 있을까? 곧 태워질 시신을 담는 관들조차 가격 차이가 나는 자본주의.

"현실은 냉혹한 거야! 네가 좋은 친구들과 어울리라고 이 동네에 자리 잡느라 얼마나 애를 썼는지 알아? 은행 빚을 지고라도 네가 전세 산다는 소리는 듣지 않게 하려고 이 아빠는 애를 썼다고!"

아빠의 사랑과 속물근성 사이 그 어디. 그 공간을 도저히 가늠하기 어려운 이유는 아마 단순히 저 두 기준으로만 나눌 수 없을 만큼 많은 기준들이 그 사이에 촘촘히 숨겨져 있기 때문일 것이다. 동료교수들의 눈치, 아파트값의 등락, 은행 이자와 전·월세 가격 사이의 차액, 남아있는 학교 근무 기간과 연금, 이 아파트 주민들의 사회 지도층 비율, 여기 속한 학군 고등학교들의 대학 진학률, 그 각 대학의 취업률…

쉽게 빠져나갈 수 있는 외줄에 걸렸다고 생각했었는데 사방 거미줄에 칭칭 감긴 것을 깨달았을 때처럼 숨이 막혀왔다.

그런데도 아직 그 두려움은 정체를 드러내지 않고 있다. 뭔가 남았는데…

"아빠도 더러운 위선자예요! 아빠가 지난달에 간 룸살롱에 있던 여자가 바로 영준이네 막내 이모라고요."

너로구나! 징그러운 민머리를 드러내고 골룸처럼 웃는다. 자글자글한 주름이 잡힌 눈을 찡그리며 웃는 골룸의 흉측한 양쪽 귀에, 듣지 말았어야 할 그 말이 활짝 핀 백합이 되어 꽂혀있다.

"거봐라, 그러니까 내가 그런 자식과 어울리지 말라고 얘기하는 거야. 엄마만 이혼한 줄 알았더니, 이모는 룸살롱에서 일하니? 그런 걸 보고 자란 놈이 앞으로 뭐가 되겠니?"

"…?"

한순간 수현이도 나도 상황을 파악하지 못하고 우리가 보고 있던 것이 공포물이 아닌 코미디였나 다시 생각해봐야 했다.

아마 남편은 적잖이, 아니 몹시 당황했을 것이다. 그러니 저렇게라도 뭔가 말을 해야 할 필요가 있었을 것이다. 발가벗겨진 모습을 가리기 위해 되는대로 집어 든 천이 하필 망사스타킹이 되어버린 격이지만 지금은 전혀 우습지도, 안쓰럽지도 않았다. 분노보다는 구역질이 치밀었다.

수현이도 어이가 없다는 듯 말을 잇지 못하고 역겨운 표정을 하고 있었다.

"여보! 지금 그게 당신 대답인가요?"

내 목소리는 크지 않았지만 남편은 움찔했다.

"아니, 어쩌다가 다른 과 교수들과 회식하다 보면 술을 좀 마실 수도 있어. 신학과라고 매번 술자리를 거절할 수는 없는 거잖아. 우리가 세상 밖에 있는 것도 아니고… 그러다 보면 친한 교수들하고는 좀 특별하게…"

지금 컴퓨터 딜리트키를 눌러 남편을 삭제할 수만 있다면 그것은 수현이나 나를 위한 것이 아니라 남편을 위한 일이 될 것이다.

남편은 입을 열면 열수록 오물이 쏟아지고 있다는 것을 도무지 모르는지 계속 무언가를 쏟아내고 싶어 했다. 속죄의식이라도 하고 싶은 걸까? 이것은 고해성사인가?

"그만해요!"

이번엔 수현이가 괴성을 질렀다.

"다 안다고요! 영준이 이모에게 하던 짓! 돈 주고 여자나 사는 사람, 아빠라고 부르기도 싫어!"

수현이 방문이 쾅 닫히면서 불어온 바람이 내 가슴에서 심장을 쓸어갔다. 텅 비어 버린 가슴에 심장을 잃은 혈관들이 물새는 파이프처럼 피를 쏟아내고 있었다.

"당신… 수현 아빠… 당신…"

"아니야! 아니라고! 난 2차는 안 갔어. 그냥 거기서 좀 마셨어. 그러다가 좀 더웠을 뿐이라고. 더워서 조금 벗은 거야."

제발 고해성사는 그만해요. 듣고 싶지 않아. 구역질이 난다구요.

그래, 수현아, 네가 옳아. 돈 주고 여자나 사는 사람은 아빠라고 불릴 자격이 없지.

"어떻게… 당신, 어떻게 그래요? 어떻게… 여자를… 돈을 주고… 사요?"

아무 말도 하지 말 걸 그랬다. 남편의 설명을 들으려던 건 아니었으니까. 그냥 사형선고를 하려던 것뿐인데 아직 변호가 가능한 재판 중인 줄 알았던지 남편은 죄명을 추가한다.

"오만 원 들었어. 그게 다라고. 2차는 없었어. 그냥 술만 조금 마셨어. 그러다가 그냥 조금 취한 거야. 기본 술값이 다야. 그냥 오만 원 냈다고."

그게 아니잖아. 내가 금액을 물은 게 아니잖아, 이 딱한 양반아…

"아니, 내 옛날 버릇이 좀 나왔을 뿐이야. 내가 결혼 전에 혼자 살 땐 복잡한 생각이 들 때 어쩌다 한 번씩 들렀어. 수현 엄마, 요즘에, 알잖아. 최근에, 내가 좀 복잡했잖아. 수현 엄마, 그건 남자들 세계에선 어쩌다 그럴 수 있는 거야. 실수 같은 거라고."

수현이 방에서 무언가 깨지는 소리가 났다.

누구도 날 구원하러 이 집으로 들어오지 않을 것을 알았기에 나는 집 밖으로 나가야 했다. 하지만 어디로? 친정으로? 십칠 년 전 철없이 떠나온 곳으로? 죄 없는 친정엄마는 왜 십칠 년 전 고이 보낸 딸이 그동안 썩혀온 오물을 고스란히 받아 처리하셔야 하나? 친정엄마는 죄가 없다.

정말 그럴까? 한동안은 날 구하러 오지 않는 친정엄마를 원망했었지.

'네가 그래도 이 서방을 만나 다행이지. 요즘 누가 너처럼 직장도 없이 책만 좋아하는 여자를 데리고 가겠니?'

벼랑을 거의 기어 올라왔는데, 마지막 내민 손을 짓이겨 밟아 다시 벼랑으로 떨어뜨리는 악당이 기다리고 있을 줄이야. 아무리 남편의 실상을 고발해도 친정엄마는 내 편이 아니었다.

'아니, 이 서방이 그런 놈이었단 말이냐? 결국 그래서 그때 그랬던 거야? 그런데 나보고 어쩌라고? 세월 반품은 못 한다. 지나간 세월을 어쩌란 말이냐? 앞으로 이 서방 연금이나 얻어먹고 살던지, 정 싫으면 이혼하고 어디 쪽방 가서 네 직장이나 얻어. 난 너 공부시킬 만큼 다 시켰다. 누가 들어도 나는 너한테 어미로서 내 할 노릇은 다 했다.'

이 집을 나가고 싶은데 나가서 갈 곳이 없다. 결혼 후 흐른 시간, 십칠 년.

친구들은 다 어디 있지? 예전에 엄마 아빠가 부부싸움을 하면 찾아가 기대어 울던 친구가 있었는데, 이름이…

'왜 자식은 낳아서들 난리야? 자기들끼리 살다가 안 맞으면 헤어지면 그만이지, 왜 날 낳아서 헤어지지도 못하고 그렇다고 나도 행복하지 않은데…'

'야, 야, 다 우리 때문에 싸우는 거래. 엄마아빠 싸움은 다 자식들 때문이래. 우리가 공부 잘하고, 똑똑해봐라. 자랑스러워 미칠걸? 3반에 전교 1등 하는 애, 알지? 걔네 아빠 떡집 하는 데 성적표 나오는 날이면 단골한테는 떡이 반값이란다. 그 아저씨 동네방네 은근히 자랑하려고 그러잖아. 그 집에 싸우는 소리 나나? 안 그래. 걔 공부 방해될까 봐 다들 평화, 평화로다 부르더라.'

은지. 그래, 은지는 말을 참 재미있게 했었어.

'아니면 소영이처럼 이이이이-쁘게 타고 나던지. 소영이 걔 곧 연예인 데뷔한다더라. 벌써 매니저도 붙었대. 내 짝사랑도 소영이한테 대시했다가 까였잖아. 에잇, 나쁜 년. 준수 정도면 어때서…'

'야, 준수는 네가 좋아한다며?'

'그치.'

'그러면 소영이랑 안 이루어져야 좋은 거 아냐?'

'야, 그럼 내 눈에 드는 놈이 소영이 눈에는 안 든다는 얘기니까 내가 눈이 더 낮다는 거잖아. 그건 자존심 상한단 말이야.'

그게 그렇게 되나? 은지의 이론은 항상 새로웠다.

은지는 살아있을까?

"나 연구실 갈게."

어느새 남편은 대문을 나서고 있었다.

"다들 진정이 되면 다시 얘기하자. 오해가 심해서 더 말을 할 수가 없겠어."

문 닫히는 소리에 심장이 제자리로 돌아와 차분히 뛰기 시작했다. 이대로 찾아온 고요가 다시 깨지지 않기를 바라는 기도를 올리면 안 되는 걸까?

참, 그렇지, 나는 신을 버렸었지. 이번에는 신이 나를 버린 거다. 이로서 나는 완벽하게 버림받았다.

수현이의 방문을 두드렸다.

"엄마, 죄송해요. 아무 말도 하고 싶지 않아요."

문은 열리지 않았다. 그래도 수현이의 말은 고마웠다. 아들의 마음은 나를 위로하고 싶어 했다. 하지만 본인이 할 수 없다는 걸 알고 있다는 것을 나도 느낄 수 있었다.

"그래, 엄마도 미안해. 쉬어라. 오늘 모처럼 휴일인데… 조금 더 자고, 있다가 점심으로 자장면 시켜 먹을까?"

이런 상황에서도 자식을 굶기고 있다는 생각이 해결해야 할 과제처럼 떠오른다. 수현이의 울음소리가 방문을 뚫고 나오는 것을 들으며 나도 눈물이 떨어졌다.

침대로 돌아가 이불을 머리까지 뒤집어쓰고 소리 죽여 울며 나는 누군가를 찾고 있었다. 도저히 닿지 않는 그 누군가. 하지만 동시에 나는 그의 입술을 떠올리지 않으려 애썼다. 그건 너무 비참하니까.

제2장 pain [peɪn]

① (육체적) 아픔, 통증, 고통
② (정신적) 고통
③ (비격식) 아주 귀찮은 사람, 골칫거리

5. 아내의 비밀

시간은 이어졌다. 다음 날도, 그다음 날도 일상생활은 반복되었다. 일종의 기적이었다. 죽은 채 살아있다는 것이 어떤 느낌인지 매 순간 확인해야 했다.

일주일쯤 지났을 때 남편은 내게 대화를 시도하겠다는 눈빛을 보냈다. 수현이는 방금 등교했고 대학교는 기말고사 기간이었다.

"이봐, 수현 엄마."

"…"

그놈의 수현 엄마, 수현 엄마! 수현이 빼고 나와 얘기하고 싶어서 수현이가 등교하자마자 말을 꺼낸 거 아니었나?

"나랑 얘기 좀 해."

"하세요."

개수대 앞에서 애벌 설거지를 하고 있던 손을 멈추었다. 수도꼭지에서 흐르는 물소리가 멎자 무거운 침묵이, 잠시 동안이지만 식탁에 앉은 남편과 나 사이를 대서양과 태평양만큼이나 멀어지게 했다.

"이제 그만 오해를 푸는 게 어때?"

내게 아무 감각도 남지 않았다는 것이 갑자기 슬퍼졌다.

"무슨 오해요?"

"내가 말이야, 그런 거, 그 룸살롱이라는 건 나한테는…"

"왜요?"

내 목소리를 내가 듣고 있었다. 위험한 사인이었다. 내 한 부분이 나에게서 빠져나가고 있다는 뜻이었다.

"내가 당신을 오해하거나 말거나 뭐가 다른가요?"

내 상태를 파악한 남편이 대처 방법을 바꾸기로 한 모양이다. 목소리가 처음보다 날카로워지더니 공격적으로 변했다.

"솔직히 당신이 날 받아주지 않은 지도 오래됐잖아!"

받아주지 않았다고? 십오 년이다. 무려 십오 년 전부터 그 일은 없었다. 정기적이거나, 규칙적이거나, 의무적이거나, 그 어떤 수식어를 붙이든 일주일에 한 번, 그날이 오늘이구나 느껴지던 취침 직전의 약간의 긴장감. 그나마 어린 수현이가 자다 깨서 보채면 모든 것은 간단하게 끝이 났다. 그리고는 일상에 묻혀 마치 하루하루라는 벽돌을 쌓아올려 내게 맡겨진 벽면을 채워나가야 하는 의무적인 시간의 탑처럼, 늙어가기 위해, 죽어가기 위해, 무덤에 도착하기 위해, 그러나 겉으로는 살기 위해 살았다.

아침을 먹고 돌아서면 점심을 생각하고, 점심을 먹고 치우면 저녁 반찬거리를 위해 장을 보러 나갔다. 늘어나는 몸무게는 삶의 흔적이라고, 남편의 아랫배는 중년층의 인격이라고, 더 이상 올라가지 않는 입꼬리와 반짝이지 않는 눈빛은 중년의 지혜라고 받아들였다. 환상은 미디어 속에서 찾았고, 가족 여행이라는 비정기적인 목돈 소비 속에 숨통이 트인다고 착각했었다.

무엇보다 일주일에 한 번 확인 절차를 거친다. 수백, 수천 명씩 제대로 속사정은 알지도 못하는 사람들끼리 같은 신을 예배한다고 커다란 건물 안팎으로 오가는 중에 눈인사를 나누면서 서로의 상태를 확인하는 과정이 있었다.

'안녕하세요? 우리 가족이에요. 우리 괜찮죠? 우리 정상인 거죠?'

'그럼요. 우리도 그런걸요. 우리는 어때요? 아무 문제 없어 보이나요?'

보이지 않는 신이 보이는 척하느라, 보아야 하는 자신들을 돌보지 않고 외면하는 법을 배우는 곳에서 너무 많은 시간을 허비했다.

"날 사랑하긴 했어요?"

내 질문이 남편의 말문을 막아버렸는지 당황스러워한다.

"결혼하고 이 정도 살았으면 사랑만으로 사는 건 아니야. 우리가 무슨 젊은 애들은 아니잖아?"

세상에! 무슨 젊은 애들? 사랑이 무슨 젊은 애들만의 전유물이라고 믿고 있는 거야? 아니면 내가 말하는 사랑은 무슨 젊은 애들 용이고, 남편이 인정하는 사랑은 오래 참고, 온유하며, 시기하지 않으며, 자랑하지 않으며… 진리와 함께 기뻐한다는 그건가?

"수현 엄마, 그런 데 가서 술 한 잔 마시고, 잠시 여자들이랑 얘기 나누는 게 사랑을 찾아 그러는 건 아니잖아."

그래요. 그리고 당신이 사랑하고 돌보아야 할 사람들은 집에서 하염없이 당신을 기다리죠. 당신이 그러고 다니면서 사랑도 아닌 뭘 찾아 헤매는지는 상상도 못 한 채로.

"이혼해줘요."

"미쳤군!"

내 입에서 나온 말도, 남편의 즉각적인 대꾸도 어느 시공간의 개입으로 끼어든 것인지 알 수 없었지만 지금의 이 시공간을 완전히 다른 차원으로 갈라놓았다.

"사랑하지 않는 사람과 왜 살아요? 당신의 필요에 따라 자유롭게 여자를 찾아다니려거든 차라리 실제로 자유로워지세요. 당신이 그런데 돌아다니는 것이 나에 대한 모욕이라고는 생각해보지 않았나요?"

나를 변호하는 내 안의 변호사의 논리는 간결했다. 그리고 상대의 반박은 충격적이었다.

"지금 이혼하면 난 학교 그만둬야 해. 우리 교단에서는 이혼하면 교단을 떠나야 되는 거 몰라? 이제까지 쌓은 내 연금은 또 어쩌고?"

몰랐다.

"몰랐어요…"

정말 놀란 내가 남편에게 굳어진 표정으로 낮게 대답했다.

"그런 이유로 나랑 사는 거였다는 걸, 이제까지 전혀 몰랐어요…"

"이봐, 수현 엄마, 그게 아니잖아! 그런 말이 아니라, 당신은 이미 내 아내고, 난 당신이 편하다고. 이제 와서 내가 이혼하게 되면 연금은 어쩌고, 또 수현이 학교며, 앞으로 애 앞날은 어쩔 건데?"

누가 무엇을 걱정하는 거지? 머릿속에 복잡해진다. 이혼이라는 한 단어가 이렇게 복잡한 거였구나.

"나가요. 당신과 아무 할 말 없어요. 오해도 없고, 아무 감정도 없어요. 나가요, 당장. 당장 내 눈앞에서 사라지라고!"

남편은 잔뜩 화가 나 붉어진 얼굴이었지만 식탁 앞에서 일어서더니 대꾸 없이 자기 서재로 들어갔다.

내가 내 얼굴을 볼 수는 없었지만 나도 화가 잔뜩 난 얼굴일 것이다. 그 누구도 아닌 나 자신에게 너무나도 화가 났다. 믿을 수 없는 진실, 기어코 받아들여야만 하는 진실이 지금 내 눈앞에 잔인하게 널브러져 있다. 내 우울한 결혼이라는 것의 실상이 남편의 연금 유지 장치였다니…

하다만 설거지를 집어치우고 나는 외출 준비를 했다.

"윤미 엄마? 오랜만이야. 같이 쇼핑이나 갈까 하고 전화했어. 지금 시간 돼? 오늘 내가 점심 살게. 응, 응, 거기. 그래, 자기네 집에서 가까우니까 여기 들르지 말고 거기서 봐. 난 택시 타고 갈게. 이따 봐. 응, 11시에 동문 입구에서."

아이들이 커가면서 조금씩 뜸해졌지만 역시 유치원 때부터 알던 아들 친구의 엄마가 지금으로선 가장 먼저 떠오르는 친구다.

외출을 결심하긴 했지만 혼자서 돌아다닐 기운은 없었다. 털어지지 않는 마음속 무게 중심이 점점 커져 내 생각들을 자꾸 내면으로 잡아끌어 몸마저 움직일 수 없게 만들 것 같았기에 돌아다니며 수다를 떨 대상이 필요했다. 영문도 모르고 시간을 내준 윤미 엄마에겐 미안하지만 제일 먼저 떠오른 이 희생자에게 마땅히 거한 점심으로 보상해야겠다고 작정했다.

"어쩐 일이세요? 잘 지내셨어요? 수현이는 여전히 공부 잘하죠?"

"그런 말말아. 아이들은 사춘기 지나 봐야 안다잖아. 윤미야말로 활달해서 친구도 많고, 학교생활 잘하지?"

"몰라요. 요즘은 통 대화를 안 해서. 자기 방문을 꼭 닫아걸고 밥, 돈, 다녀올게요, 다녀왔어요, 소리밖에 안 하니, 뭘 하고 다니는지 알 수가 있어야죠. 다른 애들도 물어보면 다 비슷하다니까 지금은 그런 때구나 하고 체념했어요."

같은 유치원에서 처음으로 서로 좋아하던 이성 친구. 그때 엄마들은 농담 삼아 사돈 소리도 하고, 아빠들이 늦어지는 날이면 함께 저녁을 먹곤 했던 이웃사촌.

내가 이사를 하면서 안부가 드물어지고, 아이들이 서로의 동성 친구들을 더 좋아하면서 구태여 일부러 나누어 전할 소식도 없어지고, 그러다 언제 다시 볼 기회가 있을까 싶었는데, 이렇게 오랜만에 만나 그 어떤 서운함도 없이 그냥 다시 이어붙인 새끼줄처럼 이야기는 얽힌다.

"언니네 아파트는 좀 올랐다면서요? 이번에 정부에서 트램 허가를 확정해서 그 영향을 좀 받았다던데?"

"그건 이미 지난번 국회 회기 때 확정된 거고, 이번에는 공원 사업 때문에 좀 오르려나 봐. 그래 봐야 다 같이 오르는 거니까, 나만 좋은 것도 아니고."

"무슨 소릴! 나도 언니네 따라 그때 거기로 이사 갔었다면 좋았을걸! 우리 아파트는 10년째 고정이에요."

백화점 1층. 화장품관의 향수들과 명품관의 가죽 향에서 풍겨오는 독특한 냄새들이 뒤섞여 우리들의 대화를 기름지게 했다. 순간 나는 대단한 부자가 된 느낌이었다. 그래, 오늘 멋진 옷이나 한 벌 사볼까?

"언니, 특별히 뭐 사실 거 있어요?"

"음… 여름 원피스를 한 번 볼까 하는데, 자기가 같이 봐줄래?"

"좋죠. 안 그래도 세일 기간이라 둘러보고 싶었는데."

5층 여성복 코너에서 통로의 가판대로 다가가는 윤미 엄마를 내가 끌어당겼다.

"오늘은 거기 아니야, 자기야."

그리고 상호는 익숙하지만 친숙하지 않은 고급 여성복 매장으로 들어섰다.

"허, 언니, 거긴…"

"응, 잠깐만, 안녕하세요?"

평범한 주부 두 사람이 들어서자 종업원은 빠른 눈매를 상하로 움직였다.

"네? 무엇을 찾으시죠?"

"여름 원피스를 볼 수 있을까요? 올해 신상으로."

종업원은 내 말투에서 금액에 대한 자신감을 확인했다. 1차 관문 통과.

"손님, 죄송하지만 사이즈가 어떻게 되세요?"

앗차, 더 험난한 2차 관문이 남아있다는 것을 잠시 잊었었다.

"여기는 미시 사이즈도 있다고 알고 있는데…"

옆에서 윤미 엄마가 동그래진 눈과 입을 하고 내 쪽으로 고개를 돌린다.

"아, 네… 잠시 이리 오세요."

유연한 나의 대꾸에 종업원은 우선 손님들을 맞이하기로 한다. 오케이, 접수 통과.

이어 종업원이 내 온 대부분의 옷들은 입어 볼 필요도 없는 작은 치수였다. 일부러 이러는 거야? 잠시 짜증. 종업원이 또 다른 원피스를 찾으러 간 사이, 윤미 엄마는 스커트 하나가 겨울 코트 값이라고 내 귓가에 속삭인다.

"언니, 무슨 좋은 일 있어요? 형부가 보너스 줬어요?"

그렇군. 어쩌면 이런 거침없는 행동은 소위 그 '형부'라는 사람이 준 보너스인지도 모른다. 그리고 그 행동을 지지해주는 지갑 속 거액의 체크카드.

"손님, 이건 맞을 것 같은데요?"

"색이 참 예쁘네요…"

지중해 바다 물빛을 연상시키는 은은한 청록색 리넨 원피스.

"허리가 좀 위로 디자인되어 있어서 손님 체형 커버에도 도움이 되실 거고."

체형 커버 따위. 벗어 던질 옷인데.

"길이도 적당해서 무릎을 덮어주면서 점잖게 보이시고…"

그런데 왜 이런 소릴 계속 들어야 하지? 내가 아가씨는 아니니 중년의 아줌마도 소화할만한 옷을 잘 골랐다는 소린데, 결국은 팔아먹을 속셈으로 하는 소리라면 굳이 그런 비교 없이 이 옷의 장점만 말해도 되잖아.

"좋네요. 컬러는 참 맘에 들어요. 그런데 리넨은 좀 뻣뻣한 느낌이 들어서요. 구김이 잘 가는 것도 그렇고… 텍스쳐가 좀 하늘하늘한… 레이온이나 시폰 느낌은 없을까요?"

종업원의 말을 자르고 옷 자체의 전문적 디테일을 요구하는 손님. 종업원의 눈빛이 빨라졌다.

"아, 그럼. 꽃무늬가 있긴 한데…"

꽃무늬라니, 세상에! 난 이미 이 원피스로 마음을 정했다. 다만 그 입을 막고 싶었을 뿐이다.

종업원이 몸을 돌려 급한 손길로 옷걸이 사이를 헤맬 때 나는 손에 든 리넨 원피스를 자세히 들여다보고 있었다. 무엇보다 맘에 드는 건 등 지퍼. 지퍼가 없는 원피스는 머리 위로 훌렁 뒤집어 벗어야 한다. 분위기 없게! 그건 마치 싸구려 아이스크림 바를 까먹는 기분이 든다. 지퍼를 내리고 어깨에서 배로, 엉덩이를 거쳐 다리를 흘러내리며 벗겨지는 원피스의 느낌을 포기할 순 없다.

"여기 이건 어떠세요?"

다행히 갈등할 필요도 없는 도전자였다.

"그냥 이걸로 하죠. 찾던 것보다는 좀 무거운 느낌이지만 컬러가 받쳐주니까 벨트를 밝은색으로 하면 훨씬 나을 것도 같네요. 얼마죠?"

"네, 고객님, 백 사십팔만 원입니다."

아까는 손님이었는데, 어느새 고객이 되어있었다.

살짝 이는 구역질을 느끼며 나는 지갑에서 카드를 꺼냈다. 종업원은 카드를 받고 내 얼굴을 슬쩍 확인하더니 밝은 표정으로 계산대로 달려갔다.

이 모든 과정을 관객처럼 보고 있던 윤미 엄마가 드디어 무대 장면 속으로 등장했다.

"언니, 정말 무슨 일 있죠?"

"일은 무슨… 옷이 하나 필요해서."

원피스는 얇고 흰 종이로 고급스럽게 포장되고, 큼지막한 로고가 박힌 종이 가방으로 들어가 내 손에 넘겨졌다. 윤미 엄마는 연신 그 가방에서 눈을 떼지 못하고 약간은 새침한 기분이 든 듯 말이 없어졌다. 그때서야 나는 내 옆에 있는 윤미 엄마가 2차원의 평면적 대상에서 3차원 입체가 되는 느낌을 받았다. 이런, 실수했군!

"이거 사실은 우리 큰형님 생신 선물."

"아, 그 대학교 총장하신다는?"

"지금은 총장은 아니시고, 이사직으로 물러나셨는데, 어쨌든."

말도 안 돼. 육십 팔세 부인이 입기엔 조금 과한 원피스인데? 하지만 자세한 사정을 알 필요 없는 윤미 엄마에겐 그저 자기 이웃이 자기와 비슷한 수준이라는 것만 확인시키면 된다. 이런 비싼 옷을 입을 수는 없고, 사다 바쳐야 할 고급 친인척 정도는 있는.

"그러시구나, 그래서 갑자기 쇼핑을 하자고 하셨구나."

안심이 된 윤미 엄마의 상황 확인 선언.

"오늘 점심은 내가 사기로 했으니 메뉴는 자기가 골라. 뭐 먹을까? 우선 뭐라도 먹고 우리들 거 쇼핑 더 하자."

메밀국수를 먹고, 백화점 행사장 가판대를 돌며 만 원짜리 두 장을 내면 백 원을 거슬러 주는 옷들을 뒤적이다가 지하 슈퍼에서 날짜가 오래된 상품들 중 지나치게 잘 익은 바나나를 고른 후 윤미 엄마는 나와 헤어졌다. 굳이 자기 차로 나를 집까지 바래다주고 싶어 했지만 나는 들러야 할 곳이 있다고 둘러댔다. 남은 쇼핑을 해야 했으니까.

윤미 엄마를 보내고 홀가분한 기분을 느꼈다. 아까는 왜 수다 떨 대상이 필요하다고 생각했었을까? 어차피 그런 수다로 가벼워질 마음도 아닌데. 나와 공감할 수 없는 상대라면 오히려 다른 종류의 무게만 더할 뿐이다.

"네, 무엇을 도와드릴까요?"

향수를 고르는 것이 가장 어려웠다. 그 사람은 어떤 향을 좋아할까? 그러다가 그의 말이 생각났다. '가장 이나 씨다워지세요.'

"저, 좀 도와주실래요? 제게 어울리는 향을 찾고 있는데요…"

자기는 향수 제품을 판매할 뿐 향을 찾아주는 일을 하는 것은 아니라고 표정으로 대답하면서도, 이렇게 공손하게 묻는 손님에게 뭔가 적절한 답을 하려고 애를 쓰면서 종업원은 매니저를 불러주겠다고 한다.

"네, 그래 주시겠어요?"

처음엔 무슨 문제든지 해결하겠다는 듯 냉철한 얼굴로 접근한 매니저는 내 손에 들린 원피스 로고를 보고 나서, 나의 문제를 해결하기에는 자신만이 매우 적합하다는 것을, 교육받은 친절함으로 보여주고자 했다. 30분간 향수들을 소개받고 내 손에는 추천받은 몇 개의 향수와 내가 고른 조 말론의 장미 향이 쥐어졌다.

평소에 신고 돌아다니기에 효율적이지 않은 흰색 구두는 언제나 버킷리스트 1호였다.

더러워지고, 벗겨지고, 긁히고, 찍히고… 그동안 모든 선택은 생활의 편리가 기준이었다. 검은 구두, 검은 가방, 청바지에 목이 늘어난 티셔츠들.

가방은 포인트로 하자. 빨간 가죽 가방은 어떨까? 빨강? 빨간색? 응? 아니다. 안 어울려! 하마터면 큰 실수를 할 뻔했군. 기분이 너무 고조된 것 같아. 가방은 커피를 한 잔 마시고 다시 생각해보자.

백화점 한편 커피숍으로 가는 동안 그 근처 가방 매장에 진열된 청회색 캔버스 가방이 눈에 들어왔다. 아, 너로구나. 너를 만나려고 커피를 생각한 거야.

"어서 오세요, 무엇을 도와드릴까요?"

"저거 주세요."

"네, 고객님, 저 가방 말씀이신가요?"

"예, 여기, 카드."

"네, 고객님, 지금 행사 기간이라 할인되어서, 가격은…"

"그럼 그렇게 결제해주세요."

"네, 고객님."

이 짧은 대화들이 주는 쾌감. 아들이 어렸을 적 소꿉놀이를 하며 장사꾼 역할을 할 때도 이렇게 놀았었는데…

가방을 부직포 가방에, 또 그 가방을 종이 가방에 담는 모습을 지켜보며
저렇게 계속 담고 담다 보면 이 모습을 보고 있는 나도 어떤 거대한 가방
속에 담길 것만 같았다.

"여기 있습니다, 고객님."

카드와 함께 받아든 영수증들이 지갑 속에 자리를 잡지 못하고 삐져나
오기 시작한다. 오늘은 여기까지.

집으로 돌아가는 택시에서 이 많은 백화점 매장 종이 가방들이 갑자기
늘어난 이유를 설명해야 할 필요가 있는지 자문해보았다. 집에서 대화를
나눌 사람들이 없을 테니 한동안은 그럴 필요가 없겠군.

구매한 물건들은 가방 채로 사흘간 옷장 아래 칸 여분의 이불들과 숨어
있었다. 이미 한 달이 지났지만 그에게서 문자는 오지 않았다.

무슨 일이 있는 걸까? 사고라도 난 건가? 그럼 최서경 학생을 통해 알려
지겠지. 요즘 논문을 쓰느라고 일주일에 한 번씩 남편과 연구수업을 한다
고 알고 있다.

최서경 학생은 내 남편이 룸살롱에 다니는 남자라는 걸 알고 있을까? 겉
으로는 점잖은 연구자인 척하지만 부엌데기가 된 아내는 버려둔 채 자기
의 환상을 쫓아 가벼운 기분으로 만날 여자를 돈 오만 원으로 불러내는 남
자라는 걸?

그럼 너는?

커다란 돌덩어리가 가슴에 쾅 하고 떨어진다.

너는 달라? 오천만 원짜리라서? 아니지, 십억하고도 오천만 원이야. 그
래, 좀 다르네. 금액 자체가 다르잖아?

찰싹!

누가 때렸을까? 왼쪽 뺨이 얼얼하다. 그의 뜨거운 콧김이 닿았던 왼쪽

뺨. 그리고 키스.

'사랑은 예술이에요. 이건, 이나 씨 자신을 위해서예요.'

그는 나와 사랑을 하겠다고 했다. 나를 위한 예술을 하겠다고. 우리는 그런 게 아니라고!

'그게 뭐가 달라요? 엄마나 아빠나 다 위선자들이에요!'

수현이다. 나의 뺨을 때린 건 수현이였다. 파리해진 수현이의 얼굴이 내 앞에서 울고 있다.

'엄마나 아빠나 다 똑같아. 교회나 세상이나 뭐가 달라? 다 위선자들이야. 거짓말쟁이들!'

갑자기 옷장 속에서 더러운 시체들이 썩어가는 냄새가 풍긴다. 점점 진해지는 냄새가 코를 지나 폐에까지 파고든다. 이번에는 폐가 썩어가는 냄새가 코로 올라온다. 니코틴 결핍, 담배, 담배가 필요해…

집 앞 슈퍼는 지나쳤다. 여기서 담배를 살 수는 없다. 돌아가는 길이라 평소에는 잘 가지 않는 편의점이 저쪽 골목을 지나 모퉁이에 하나 있다.

"에쎄 수 있나요?"

"에쎄 수요?"

고개를 들고 볼 수가 없어서 목소리를 듣고서야 점원이 여자라는 걸 알았다. 장갑 낀 여자의 작은 손에 들린 담배 한 갑이 칭얼대는 아기처럼 내게 얼른 데려가라고 보챈다.

라이터도 사야 하는데… 지금 라이터도 주문한다면 내가 담배를 시작하려 한다는 것을 들킬지도 모른다. 약간 외지긴 하지만 동네 사람들이 드문드문 들르는 곳인데 소문이라도 나지 않을까?

"계산하시겠어요?"

라이터 주문을 망설이느라 아직 담배를 건네받지 못한 것을 깨닫고 후다닥 현금 만 원을 내민다.

"현금영수증 하시겠어요?"

"아니요."

"회원 번호 있으세요?"

"아니요."

담배는 거스름돈과 함께 내게 넘겨졌다. 이십 년 전보다 담뱃값이 많이도 올랐다.

하얀 담뱃갑 위에 끔찍하게 썩은 폐사진이 검붉은 휘장마냥 장식되어있다. 이래도 피우시겠습니까? 아니, 그런데도 이런 걸 팔아야겠습니까?

라이터가 없었다. 담배를 주머니 깊이 눌러 넣고, 휴대전화를 꺼냈다. 새로운 메시지 없음.

집으로 가는 길에 검색해본다. 양정후. 기업인으로 나오는군. 음, 별다른 기사는 없다. 사고가 난 건 아닌가 봐. 검색창 기록 순서에 '양정후'라는 이름이 남는다. 지워야지. 그다음 검색 기록이 보인다. '가장 순한 담배.' 지워.

6월 하순의 밤은 늦게 찾아온다. 기말고사를 앞두고 수현이는 독서실 가까운 곳에서 저녁을 먹고 밤에 들어와 잠만 잔다. 기말고사 성적을 채점하느라고 남편의 귀가도 늦다. 라이터 하나 더 주문을 못 하다니⋯ 위선적이고 비겁한 내 모습에 너무 화가 났다.

띠링.

문자는 다음 날 이른 새벽에 도착했다.

'보고 싶어요. 오늘 오후 3시, 거기.'

내려져 있던 스위치를 올린 듯, 심장이 달리기 시작한다. 그 심장 박동을 따라 수현이가 달리기 시작한다. 점점 멀어지는 수현이의 모습이 한 점 검은 소용돌이가 된다. 하지만 사라지지 않고 그것은 점점 더 세게 나를 빨아들였다. 그 검은 소용돌이에서 수현이의 목소리가 터져 나왔다.

'엄마도 똑같아! 엄마도 아빠랑 똑같아!'

계속해서 터지는 폭죽처럼 수현이의 목소리는 나를 따라다녔지만 나는 그 목소리에 대답하지 않았다.

오후 두 시. 지중해 바다 물빛 원피스가 내게 얼마나 잘 어울리는지 확인하면서 기뻐하지도 못한 채 나는 청회색 캔버스 가방에 담배를 담았다. 택시를 타기 전에 정거장 앞에 있는 편의점에 들어섰다.

"라이터 있나요?"

"네."

분홍색. 당연히 내가 그 색깔을 원할 거라고 생각한 점원은 남자였다.

택시가 호텔에 나를 내려준 시각은 내 예상대로 십 분쯤 빨랐다. 나는 칠층으로 올라가기 전에 호텔 건물 한쪽 편에 마련된 흡연실로 들어갔다.

"어서 와요."

그는 정장 바지를 입고 있었다. 역시 하얀 와이셔츠. 그의 의상 준비를 돕는 건 누구일까? 저 남자는 어쩜 저렇게 매번 깔끔하게 옷을 차려입을 수 있지?

"회사에 밀린 일이 좀 생겨서 연락이 늦었어요. 나 기다렸어요?"

대답이 나오지 않았다. 지금 막 일을 마치고 아직도 끝나지 않아 바쁘지만 나와의 약속을 조금이라도 더 미루지 않기 위해 준비한 시간이라는 것을 굳이 설명하지 않아도 알 수 있었다. 책상 위 수북한 서류들. 이건 정말 나를 위한 거구나… 이 만남은 나 없이 자기 일만으로도 바쁜 이 사람을 위한 것이 아니야.

"그동안 무슨 일 있었어요?"

문 안으로 들어오고부터 미동도 없이 뻣뻣하게 서 있는 나를 보며 그가 걱정스레 물었다. 그의 구두가 한 걸음 다가오는 것을 보며 나는 한 걸음 뒤로 물러섰다. 담배 냄새가 날거야…

"무슨 일이 있군. 담배를 피워야 할 만한 일이었어?"

그의 왼손이 내 오른손을 가져가 내 손바닥을 자기 입에 갖다 댔다.

"이나, 난 이나의 피부 냄새가 참 좋아. 담배 냄새가 배면 이나만의 향기가 약해질 거야. 이나를 위해서 필요한 게 담배라면 내가 양보해야겠지만."

대답을 못 하고 있는 나를 잠시 마주하고 있던 그는, 잡고 있던 내 손을 끌어 자신의 허리에 두르게 했다. 양복바지의 벨트에 걸쳐진 내 손을 두고 그의 왼팔은 다시 내 어깨로 와 나를 자신에게로 끌어당겼다.

"무슨 일인지 말해 봐요. 당신을 이렇게 만든 게 뭔지."

그가 두른 양팔 아래서 내 어깨는 들썩이기 시작했다.

남편의 룸살롱 출입을 알게 된 일과 수현이의 상태, 그리고 이 만남에 대한 나의 고통스러운 양심이 두서없는 문장들을 이루며 한꺼번에 쏟아졌다.

룸살롱에 대한 남편의 관념이나 나의 이혼 요구에 대한 남편의 대꾸는 차마 전할 수 없었다. 아무리 사실이라고 하더라도 문자 그대로 전하기에는 치졸하게 느껴졌다. 남편을 보호하기 위해서가 아니라 그 자체가 입에 담기에도 너무나 저급했다.

정리 안 된 내 말들을 정리하기 위한 시간을 가지면서 그는 말없이 나를 소파로 데리고 가서 앉혔다. 그는 옆에 앉아 내 등에 한 팔을 두르고 다른 쪽 손으로는 내 머리를 쓰다듬고 있었다.

"이나…"

그리고 또 한참 동안 말이 없었다. 어떤 말을 찾고 있는 것이 아니었다. 어떤 말도 필요 없다는 것을 그는 벌써 알고 있었다.

내 흐느낌이 끝나갈 즈음 그는 손수건을 꺼냈다. 언제나 그의 양복바지 주머니에서 대기 중인 그의 손수건. 흐느끼는 동안 흘렸던 눈물들이 내 팔뚝을 따라 흐른 흔적부터 그의 손수건이 닦아냈다. 나는 아빠가 씻겨주기를 기다리는 아이처럼, 그의 손수건이 내 얼굴 구석구석을 닦는 동안 가만히 눈을 감고 있었다.

"이나, 나도 실망스럽네요. 닥터 리가 보수적이고 가부장적인 것은 알고 있었지만 여성을 대상화하는 사람이라고는 생각 안 했었는데."

이 박사님이 닥터 리가 되었구나. 그의 목소리는 진지했다. 나의 훌쩍임이 완전히 멎을 때까지 다시 그는 말이 없었다.

"남자들이 사회생활 하다 보면 그럴 수 있다는 거, 나도 알아요."

말 없는 그에게서 무슨 말이든 듣고 싶었던 내가 꺼낸 말은 남편의 말이었다. 내 말에 이어지는 그 사람의 말은 감정 없이 건조했다.

"그런 장소가 남자들 전용이라고 생각하지 말아요. 사실은 여자들을 위한 장소도 있는 거 알아요? 요즘 와서는 남자와 여자의 문제가 아니에요. 처음 한 번 시작이 어렵지, 그런 건 몇 번만 반복되고 나면 쉬워지죠. 그리고 강도도 더 센 걸 원하게 되고. 그건 무엇과 같은지 알아요? 담배, 당신 담배처럼, 그건 중독이에요, 사랑이 아니고."

'당신 담배처럼'이라고 말하며 그는 내 머리를 쓰다듬던 손으로 내 입술을 쓰다듬었다.

"담배 끊을게요."

나는 이 결심을 해야 했다. 다시는 담배에 손대지 않으리라 마음먹으면서.

그의 두 팔은 이제 깍지를 끼고 완전히 나를 포위하고 있었다. 소파에 나란히 마주한 채 상체를 옆으로 돌려 앉아 꼭 안은 상태로 그는 내 귀에 대고 점점 속삭이며 말을 이어갔다.

"보통은 여자들에게 자신을 지키라고 요구하지만 사실은 여자만 자신을 지켜야 하는 게 아니에요. 남자들의 감성도 상처받기 쉽다는 거 알아요? 사회생활 하다 보면 그럴 수 있다는 둥, 남성적인 것은 동물적이고 거친 것이라는 고정관념은 여성들이 남성에게 쉽게 범하는 실수예요."

남자에 대한 새로운 사실이었다. 남자들은 다 똑같은 거 아니었어? 어쩔 수 없는, 동물적인… 남편에 대한 자세한 얘기를 안 한 것이 오히려 잘한 일이라는 생각이 들었다. 이 사람은 이미 파악이 끝난 거다. 단 한 가지 사실이 모든 것을 설명한다. 나는 현실의 흔한 남자가 아닌 나를 완벽하게 이해해주는 내 속의 엄마, 혹은 큰 언니의 품에서 일부 남자들에 대한 불량 선고를 듣는 기분이었다.

그래요. 당신은 사랑을 원한다고 했어요. 예술 같은 사랑…

"이나 씨, 이런 말 들어봤어요? 남자가 나무라면 여자도 나무다."

들어봤다. 처음 들었을 때는 질문이었다. 남자가 나무라면 여자는 뭘까? 내 첫 번째 대답은 땅이었다. 그리고 그다음 대답들로는 열매, 꽃, 물. 하지만 정답이 나무라는 것을 알았을 때의 충격이란!

"남성들이고 여성들이고 서로 왜곡하고 오해한 채로 감추기만 해서 모두의 성 개념이 왜곡되어왔어요. 결혼이라는 울타리 안으로 숨어들기만 하면 개별 커플들이 알아서들 해결하리라는 거지. 사랑 없는 섹스를 하든, 섹스 중독이 되든 상관없거든.

하지만 사랑이야말로 인간이 가장 자기 자신이 될 수 있게 하는 에너지에요. 서로의 자아가 완성되도록 가장 열심히 도와야 할 상대가 그 관계 때문에 생겨난 일상의 의무에 바쁘다며 오히려 서로를 파괴해가는 제도. 인류는 인간 본성을 파괴하고 있는 그 제도에 갇힌 거예요."

가장 사랑해야만 하는 이들이 서로를 망치는 제도. 이 엄청난 모순 속에서 벗어날 길은 없는 건가요? 나는 소리 내어 묻지 않았다. 내 흰 구두 끝에 닿은 오후의 햇살이 지금은 아무 말도 하지 말라고 했다.

그는 자리에서 일어나 서류들이 점령하고 있는 책상으로 가더니 무선 이어폰을 가져왔다.

"자, 우리 오늘은 노래를 좀 들어볼까요? 내가 좋아하는 노래들인데, 이나 씨도 맘에 들까 모르겠네요."

왼쪽 무선 이어폰을 내 왼쪽 귀에 넣어주고, 자신은 오른쪽 이어폰을 장착한 후 내 오른편에 다시 앉아 그는 전화기를 들고 음악을 찾았다.

"음, 이건 어떨까?"

그의 전화기 화면에는 프랑스어가 떠 있었다. Les Frangine. 자매들?

"Donnes-moi예요."

음악이 들려왔다. 경쾌한 기타 소리와 가벼운 발걸음 같은 박자에 내 흰 구두 끝이 끄덕거리기 시작하고 얼마 후, 그는 후렴구를 나직하게 따라 불렀다.

Si je m'aime pas, si je t'aime pas ça sert à quoi

A quoi bon les honneurs et la gloire

Si je m'aime pas, si je t'aime pas ça rime à quoi

Sans amour nos vies sont dérisoires

나를, 그리고 너를 사랑하지 않는다면, 명예도 영광도 소용없지, 내가 나를, 그리고 너를 사랑하지 않는다면 다 무슨 소용이람. 사랑 없는 삶이란 정말 한심한 거야!

그의 프랑스어 발음은 완벽했다.

"한 달 동안 내내 연습했는데도 이 정도밖에 안 되네요. 제 불어 실력이 어떻습니까, 선생님?"

놀라움에 미소를 띤 내 얼굴이 그의 눈동자에 비쳤다.

"칭찬으로 bisous 해주시겠어요?"

다가온 그의 얼굴 중에서 뺨을 찾으려 했지만 너무 가까웠던 탓에 그의 코에 입술이 닿고 말았다. 그는 웃으며 손가락으로 내 입술을 닦아주고 두 손으로 내 얼굴을 고정하더니 내 오른뺨에 한동안 입을 맞추었다.

"이나 씨, 사실 내가 제일 많이 연습한 곡은 이거예요."

Ed Sheeran의 Perfect.

청소도구를 들고 거실을 지나가다 수현이의 방에서 흘러나오는 것을 우연히 들었을 때는 나와 전혀 관계없는 요즘 젊은이들의 노래였는데, 지금 이 곡은 나를 향한 그의 세레나데가 되었다.

"왜…"

내 눈에 다시 눈물이 고였나 보다. 눈앞에 있는 그의 형체가 흐려졌다.

"왜 이래요, 나한테… 왜 이러는 거예요? 내가 뭐라고… 나 따위가 뭐라고…"

그는 다시 나를 안았다. 그의 입술이 내 귓불에 있었다.

"당신은 충분히 사랑받을 자격이 있어요. 당신 자신을 돌봐요. 제발 누군가의 무엇이 되지 말아요, 이나. 당신, 지금 죽어가고 있잖아. 제발 자신을 사랑해줘요. 당신 자신을 사랑해요. 그리고 나를 사랑해줘요."

우리는 그렇게 한 시간 동안 음악을 들으면서 서로의 체온을 느끼며 앉아 있었다.

그의 근사한 목소리가 노래에 특화되어 있다는 것을 왜 진작 파악하지 못했는지. 그 뒤로 한 시간가량, 나는 그대로 그의 어깨에 기대어 그의 전화기를 만지작거리며 신청곡을 골랐고, 그는 알고 있는 노래라면 기꺼이 불러주었다.

음악 시간이 끝나고 돌아갈 시간이 되었을 때 그는 다시 책상 서랍을 열어 작은 상자를 꺼냈다.

"이번에 스위스를 들렀다 왔거든. 시간 내서 일부러 특산품 중에 고른 초콜릿이에요."

이 남자는 도대체 할 말이 없게 만든다.

이봐요, perfect한 건 당신이에요.

"약속해요. 당신 혼자 먹겠다고. 이건 안이나 거야."

엄마가 지워지고 있었다. 내 안에서, 편안한 홈드레스를 걸치고, 빗지 않아도 되는 파마머리를 한 채, 무엇이든 생기면 이것은 남편에게 적당한지, 혹은 수현이가 좋아하는 것인지를 먼저 가늠하곤 하던 그 엄마가 바람에 흩어지는 모래성처럼 허물어지고 있었다.

"꼭 그럴게요. 이건 나만 먹을 거예요."

다짐하는 투의 내 대답을 듣고 그는 가볍게 소리 내어 웃었다.

"그렇다고 한꺼번에 먹지는 말고. 충치 생기면 곤란해요."

나는 다시 한번 그러겠다고 약속했다. 나의 사랑스러운 음악 선생님은 초콜릿 상자를 가슴에 꼭 품은 내 앞에서 조용히 방문을 닫았다.

저 문 안쪽에 나를 사랑하고, 나를 지지하는 내 편이 있다는 것을 초콜릿 향기가 일깨워주었다. 나는 호텔 입구 한쪽 구석에 있는 쓰레기통에 담배와 라이터를 버리고 택시를 탔다.

6. 모두의 비밀

"안이나 선생님이신가요?"

"네, 그런데요?"

나를 '선생님'이라고 부를 사람들은 많지 않다.

"여기 불문과 사무실인데요."

아!

"다음 학기에도 연구 학생 신청하실 건지 여쭤보려고 전화 드렸어요."

"조교 선생님 목소리를 알아차리지 못했네요. 잘 지내셨어요?"

"네, 선생님도 잘 지내셨지요? 이번 학기에 학교에서 별로 뵙지를 못했네요."

"좀 바빠서… 그거 신청하려면, 제출해야 하는 서류가 있죠? 지도교수님 도장이 필요했던가요?"

"도장은 제가 가지고 있어요. 지도교수님 허락만 받으면 도장은 제가 찍어 제출할게요."

예전 같은 여름 장마도 없이 7월이 몰려오고 있었다. 베란다 창밖으로 끝없이 높아지기만 하려는 하늘이 저도 숨이 턱에 찬 듯 가쁜 숨을 하얀 구름으로 뿜어대고 있었다.

불문과 연구 학생. 놓치기 싫은 마지막 기차표처럼, 포기할 수 없는 최후의 선택처럼, 놓지 못하는 신분.

공부를 다시 시작할까? 그래, 교수님들을 만나고, 대학원 수업에 참여하자. 다른 세계로 들어가자. 내게는 또 하나의 문이 있었잖아. 그 문 저편에 무엇이 있든지 그건 적어도 사회적으로는 허용된 거잖아. 704호의 문 안쪽과는 달리.

끊어진 기억들을 주섬주섬 더듬다 보니, 먼 기억 저편에서 자주 연락하지 않던 친구들이 떠올랐다. 대학생 때, 대학원생 때, 조교 생활을 하던 중에, 소주병 두 개면 서로의 첫 남자에 대해 달콤해진 표정으로 수줍게 털어놓던 친구들.

그녀들은 나의 연락을 기다렸다는 듯이 모여들었다. 거의 십오 년 이상 못 만났던 얼굴들이지만 여섯 명 모두 그 시절의 얼굴 조각들을 그대로 지니고 있었다.

그 시절을 함께 보냈다는 것만으로도 완벽한 공감이 되는 여자들.

"어머, 너 어떻게 된 거야? 예뻐졌다? 뭐 했니? 필러 넣었어?"

영은이는 나를 보자마자 볼을 잡아당긴다. 이 친구는 그래도 되는 친구다.

"보고 싶었어, 영은아."

"이나, 너 거짓말이 많이 늘었다? 자그마치 15년이다. 이제 와서 연락해 놓고 보고 싶었다고? 거짓말을 좀 더 그럴싸하게 하려면 입에 침은 발라야지."

"그러는 너는? 넌 연락 못 하냐?"

"전화기 잃어버리고 연락처 다 까먹고 지냈어. 오늘 여기 온 건 민영이 덕이야."

두 학번 어렸던 민영이가 환하게 웃는다.

"걱정 마요, 언니들. 내가 연락처 하나는 꽉 잡고 있어. 이 정 민영이 그물에서 빠져나간 건 외국 나간 애들 서넛뿐이야. 걔들도 요즘 SNS 하면 다 찾아. 죽지만 않았으면 언젠가는 다 만나더라고요."

금요일 늦은 시간 대학로의 한 칵테일 바에 그렇게 여섯 명의 사십 대 중반의 주부들이 모였다.

"넌 좋으냐? 결혼생활?"

누가 던진 질문인지 기억이 나지 않는다. 내가 묻고 싶었는데, 분명 나는 아니었다.

"혜영아, 너 20대냐? 결혼생활을 좋아서 하는 줄 알다니. 속아서 하는 거 아냐? 서로 속이고 속아주면서 사는 거지. 그냥 살아왔던 대로 유지해가려고."

희정이는 학창 시절에 술이 제일 약했다. 늘 먼저 귀가하곤 했던 희정이가 오늘은 웬일인지 블랙러시안을 석 잔째 마시고 있다.

"뭐 어쨌든 밤일이 되는가 묻는 거야. 난 말이야, 요즘 혼자 즐기는데, 그게 남편보다 좋더라니까."

"어마! 혜영아, 너 벌써? 난 그래도 남편을 이용은 한다. 요즘은 베니를 떠올리려고 하는데, 가끔 옆집 총각도 얼씬거리고…"

희정이가 많이 변했구나.

"야, 근데 그러고 나면 죄책감 안 들어?"

"무슨 소리야? 남편들은 안 그런 줄 알아? 서로 지겨워진 게 벌써 언제인지 기억에도 없다. 서로 모른 척 겉으로만 응하는 거야."

"우리 남편은 맨날 입으로 해달라는데, 저 혼자 좋은 걸 왜 해줘야 하나 싶으니까 점점 싫어지더라."

"야, 니들 다 그만해, 더러워."

버럭 소리 지른 나연이가 빈 진토닉 잔을 테이블 위에 엎으며 손을 들어 웨이터를 부른다. 나연이가 주문하는 동안 희정이가 혜영이에게 손가락질하며 말한다.

"왜 이래? 다들 결혼 십 년 차는 넘었잖아? 우리 혜영이를 구제해 줘야겠다. 혜영아, 너 문제가 뭔지 알아? 넌 너만 해주니까 그런 거야. 그건 해주고 그 자리에서 바로 받아야 해. 됐냐? 자, 상담료는 넣어둬. 좋은 밤 보내고 후기나 알려주라."

나연이가 새로운 진토닉 한 잔을 받고서 무거운 표정으로 입을 연다.

"야, 신혼 육 개월 지나고 이 년 반 참다가 삼 년 째 되는 해에 이혼했다. 남자라면 진절머리나."

그랬구나. 나연이는 이 대화가 싫다.

"결혼이 뭔지 생각한 적이 별로 없어."

혼잣말 같은 내 말에 혜영이가 해설을 단다.

"그땐 다 그랬지, 뭐. 사랑하는 사람만 만나면 모든 것이 만사형통일 줄 알았지. 그냥 마법처럼 나의 왕자님을 만나면 내 동화책이 완성되는 줄 알았어."

"동화책 끝을 이렇게 바꿔야 해. '그래서 그들은 행복하게 오래오래 잘 살았답디까?'"

희정이의 비꼬는 말투는 생소했다. 원래는 저런 친구가 아니었는데…

"그러게 말이야. 그러고 보면 우리 윗세대들은 우리들에게 엄청난 거짓 말을 한 거야."

나연이가 첫 결혼에서 돌아와 남자라면 지긋지긋해하면서 혼자 지냈을 시간이 12년 이상. 우리는 모두 다 변해있었다. 나와 지금 만나고 있는 이 친구들이 누군지 모르겠다는 생각에 서글퍼졌다.

"우리의 어르신들, 어쩌면 그들도 피해자들일 거야. 아마 우리가 느끼는 이런 분노조차 못 느끼며 살았을 걸?"

다행히 영은이는 그대로구나. 언제 어떤 상황에서도 넓은 이해력을 보이면서 차분하게 분위기를 가라앉히는 건 그때나 지금이나 영은이의 역할이었다.

"말도 말아. 우리 시어머니는 애를 열 낳았어. 그야말로 20년 동안 배부르고, 젖먹이고. 그게 말이 되니? 그게 인간의 삶이니? 돼지 새끼도 20년 새끼를 낳지는 않아."

영은이의 시댁 이야기는 처음 듣는다.

"야, 야, 인간과 돼지라니, 비교가 너무 심하다."

"그 정도면 별로 다르지도 않을 걸?"

혜영이와 나연이가 영은이 시댁 이야기에 자기들의 의견을 보태는 동안 영은이는 나머지 이야기를 풀어놓는다.

"웃기는 건 그 와중에 우리 시아버지는 다른 여자들 보고 돌아다녔다는 거지. 자기 마눌님 배부르신 동안 다른 빈 배 찾아다닌 거야. 야, 야, 그게 수컷이라는 동물이다. 나도 사실 남자라면 지긋지긋해."

"그래서 나도 그 꼴 보느니 일찌감치 접었지."

나연이의 이혼 사유가 그거였구나.

"왜? 나 같으면 맞바람 피우겠다."

희정이가 의미심장한 목소리로 제안하자 나연이가 손사래를 친다.

"야, 그런 남자 새끼들 품으로 또 뛰어들라고? 미쳤니? 어디 다른 놈은 다를 줄 알아? 그놈이 다 그놈이야. 내 전남편에게 달려든 년도 그런 놈 피해서 똑같은 놈한테 달려든 거지."

"그리고는 꼭 저 같은 피해자를 만들어낸 거구나?"

혜영이가 자기가 봤다는 듯 이 복잡한 이야기를 간단하게 도식화하려 하지만 결코 간단해지지 않는다.

"그러니 나는 그 고리를 끊어야지. 더러워. 난 다시는 남자 안 찾는다. 차라리 믿을만한 여자를 찾으면 찾았지. 솔직히 고거 몇 센티미터 가지고 용쓰는 거 보면 안타깝다 못해 절망스럽지 않냐? 우리가 무슨 거기에 미쳐 돌아가는 줄 알고 지랄들이야. 우리 여자들의 판타지가 고작 그런 데 있는 줄 알고."

"밥줄만 든든하면 왜 남편한테 붙어살겠냐?"

"나도 그 생각했어. 그러면서 결혼이란 게 꼭, 합법적인 사창제도 같다고 생각했어.”

“야, 너무 갔어, 너무 갔어. 잘 사는 사람 많아. 우리 같은 일부 소수만 이
러고 불평하는 거라고. 돈 잘 벌고, 애 잘 키우고, 노후에도 사이좋은 부부
많다니까.”

우리 같은 일부 소수자들도 자기들의 행복을 추구할 권리가 있을까?

“우리는 아니라도 애들 땜에 살아야지. 애들 앞길을 망칠 순 없잖아.”

역시 영은이다.

“내 앞길은 망치고?”

희정이를 보는 나머지 넷의 표정이 불안하다. 영은이가 마무리 짓자고
눈짓을 보낸다.

“어차피 끝났잖아, 우린. 다 살았는데, 뭐.”

휘핑크림을 뺀 깔루아 밀크를 한 잔 더 주문하면서 나는 화장실에 가기
위해 일어섰다. 희정이가 나를 따라 나왔다.

“괜찮아?”

“응.”

“너…”

“응. 만난 지 2년 됐어. 남편도 슬슬 알아차리고 있어. 유책배우자로 이
혼당하지 않으려고 몰래 변호사 만나 합의이혼 준비 중이야.”

화장실을 나오면서 우리는 다른 이야기를 해야겠다고 결심했는데, 그게
무슨 결심까지 필요한 일은 아니었다. 테이블 위의 화두는 이미 부동산이
었으니까.

다음 날 숙취로 머리가 빠개질 듯한데 그 소리가 천둥처럼 들렸다.

띠링.

‘보고 싶어요. 내일 오후 2시.’

내일까지 숙취가 가셔야 할 텐데… 젊은 시절엔 어제보다 많이 마시고도 다음날이면 멀쩡하게 등교하곤 했다. 교재 챙기는 것을 잊은 적은 있었지만.

내일의 준비물을 위해 나는 옷장 문을 열었다. 지난번 만남에서 비용대비 효율성이 떨어졌던 바다 물빛 원피스가 깨끗하게 세탁되어 기다리고 있었다. 목걸이를 목에 걸면서 그것이 얼마나 내게 잘 어울리는지 계속 걸고 있어야겠다고 생각했다. 짐작하건대, 매일 걸고 있어도 남편은 알아차리지 못할 것이다. 이렇게 반짝이는 다이아몬드 목걸이를 걸고 있어도.

다음 날은 아프리카인들도 놀란다는 한국의 7월 더위가 본격적으로 시작되려 하고 있었다.

문에 달린 초인종은 누르고 싶지 않았다. 내 조심스러운 노크 소리에 복도 끝 704호의 문이 열리고 곧바로 눈앞에 꽃다발이 나타났다. 보통의 것보다 세 배는 커 보이는 묵직한 꽃다발에 그의 모습이 가려졌다. 방으로 들어서며 꽃다발에 얼굴을 묻었다. 싱싱한 꽃향기와 풀 냄새가 가슴을 시원하게 해주었다.

"이런 거 처음 받아 봐요."

나는 꽃다발의 크기를 말한 것이 아니었다. 남편은 내게 꽃다발을 준 적이 없었다.

"자기연민은 섹시하지 않아요."

이전에 내가 받지 못한 것이 크기든, 종류든 그에게는 중요하지 않았다. 그는 지금 내가 이것을 받을 만한 사람이라고 느끼기를 원하고 있었다.

"고마워요. 너무 아름답네요. 이 꽃들에겐 마지막 향기일 테지만 내게 준 기쁨은 내 기억이 남는 만큼 지속될 거예요."

"꽃다발을 주는 이유는 그 속에 카드를 숨기기 위해서지요."

카드에는 단정한 그의 글씨가 적혀있었다.

'나의 꽃이여,

오늘 나는

당신 향기 따라 여행하는

한 마리 나비요.

나를 향해 향기 뿜어주오.

당신 꽃잎 사이 길 잃을 때까지

날 이끌어줘요, 나의 꽃님.'

이 달콤한 시를 쓴 중년 신사는 수줍은 미소를 띤 얼굴로 천천히 다가왔다. 그는 정말 홍조를 띠었다. 그의 두근거리는 심장의 박동이 내게도 전해졌다. 이 남자는 사랑이 예술이라고 했고, 그 예술을 하려는 우리는 예술가였다.

갑자기 향기 없는 꽃이 된 것처럼 부끄러워졌다. 자신이 없어졌다. 내 자리가 아닌 곳에 있는 것처럼 불편해졌다. 덜 자란 여자가, 그 소녀가 다시 눈을 뜨려 했다.

"이나, 겁먹지 말아요. 당신 충분히 아름다워."

그는 내 손에서 꽃다발을 받아 테이블 위에 놓더니 내 두 손을 모아 자신의 입술에 가져다 댔다.

"난 이 자그마한 손이 너무 좋아. 정말 귀엽고 앙증맞아. 당신, 작은 고양이 같아."

손에 대한 반작용처럼 잡아당기려던 내게 그 말의 진심이 와닿았다. 나는 그가 내 손바닥에 입을 맞추면서 내 어깨를 당겨 자기 품 안으로 안는 과정이 천천히 진행되는 것을 뚜렷이 인식했다. 내 두 팔을 자기 목에 걸치게 하더니 그는 내 등을 쓰다듬었다. 등 지퍼를 내리는 소리가 부드럽게 들렸지만 원피스는 벗겨지지 않았다.

"이나 씨, 사랑스러워요. 그 어느 것도 이렇게 사랑스러운 당신을 원하는 나를 막지 못해."

그는 계속 속삭이면서 내 턱을 깨물었다. 내 입술로 오지 않은 그의 입술이 나의 목선을 따라 내려가더니 오른쪽 어깨를 살포시 벗기고 천천히 깨물기 시작했다. 나비. 꽃의 꿀을 빠는 나비처럼 그는 나를 빨아먹고 있었다.

그가 인도하는 대로 어느새 나는 하얀 침대 위에 눕혀져 있었다. 내 위에서 엎드린 채 나를 내려다보던 그가 내 얼굴 구석구석 입을 맞추는 소리가 내 귀를 마비시켰다. 감은 눈 위를, 콧등을, 윗입술을, 이마를, 왼쪽 뺨을, 귓불을 폭격하던 그의 입맞춤은 흐트러진 원피스를 벗겨내는 자기 손을 따라 내 어깨와 팔로 내려왔다.

팔 안쪽에도 성감대가 있다는 것을 처음 알게 된 것이 신기하기만 했던 내가 내 몸의 반응에 놀라고 즐거워하는 사이 그의 얼굴은 내 옆구리에 닿아 있었다. 이 입맞춤은 어디까지 이어지는 걸까? 설마 희정이가 말했던 그런 상황이 되는 건 아니어야 할 텐데? 더 진행되지 않게 이쯤에서 끝낼 방법은 없을까? 당혹감이 스치는 순간, 그는 천천히 윗몸을 일으키며 내 얼굴을 뚫어져라 응시했다.

"이나, 페이크는 금지야."

당혹감을 피하고 이 상황을 빨리 끝내려고 방어처럼 떠오른 내 표정에 그가 경고를 보냈다. 그가 옳았다. 그것은 페이크였다. 생소한 간지러움 외에 아직 별다른 것은 느끼지 못했지만 불편함을 피해 달아나려는 미숙한 소녀가 아무렇게나 던지는 빠른 대처.

그는 내 눈 속으로 들어오려는 것처럼 나를 들여다보았다. 잠깐 그의 눈꼬리가 장난스럽게 올라가며 엷은 미소를 띠었다. 그는 천천히 다시 고개를 숙이더니 내 왼쪽 겨드랑이에 코끝을 댔다. 그리고 부드럽게 다시 애무를 시작했다.

"이나, 당신은 꽃이야."

나비가 꽃의 향기를 탐하듯이 나를 꽃처럼 맡아대기 시작한 그의 탐닉에 나는 꽃이 되었다. 그의 입술을 따라 꽃잎으로 바뀌어가는 내 몸이 내게도 느껴지기 시작했다.

"이나, 당신이 이 순간의 주인공이야. 오직 당신의 기쁨에만 집중해. 당신, 지금, 지독하게 아름다워. 나에게 당신만의 향기가 느껴져."

원피스 치맛자락 아래로 들어온 그의 손이 내 속옷을 벗기는 동안 나는 몸을 움직여 그를 도왔다. 다시 나와 눈을 마주친 그는 가만히 내 안으로 들어왔다.

그는 결코 무례하지 않았다. 말려 올라간 리넨 원피스 자락이 바다처럼 출렁거렸다. 부드러운 하체의 움직임에 스르르 내 눈이 감기자 그의 움직임이 멎었다. 눈을 감은 내 위에서 상체를 살짝 일으킨 그가 내 얼굴을 향해 약한 입김을 불었다. 감은 눈을 뜨자 천국처럼 환한 햇살이 호텔 방 가득 들어차 있는 한 가운데, 천사의 날개보다 흰 시트 위에서 그의 미소가 커피에 젖은 쿠키 조각처럼 젖어 들며 나를 내려다보고 있었다. 무슨 의미인지 해석도 생각도 필요 없었다. 그의 젖은 미소에 내 입가의 미소도 젖어 들었다. 이번에 나는 눈을 감지 않았다. 그의 둥근 어깨를 감싼 근육들이 그의 움직임에 따라 부드럽게 움직였다. 남자도 예쁜 목선을 가질 수 있다는 생각을 처음으로 해보았다. 그리고 섬세한 근육들.

그는 다시 부드럽게 움직였다. 그는 서두르지 않았다. 전혀 무례하지 않았다. 오랜 시간 도자기를 굽는 도공처럼 그는 내 심장의 온도가 서서히 올라가는 것을 함께 지켜보고 있었다.

하나, 둘, 셋, 넷, 다섯, 여섯, 일곱, 여덟, 아홉, 열, 그리고 하나, 둘, 셋, 넷, 다섯, 여섯, 일곱, 여덟, 아홉, 열, 하나, 둘, 셋… 넷, 다섯, 그리고 다시 하나,

둘… 셋, 넷…

그가 내 안에서 서서히 움직임을 고조시키는 순간 내 눈동자와 마주한 그의 눈동자에서 무언가 빛이 나는 것을 보았다.

"이나, 당신은 내게 꼭 맞아."

그의 쉰 목소리에 머리가 아른해졌다. 몸과 마음이 꽉 찬 이 상태 그대로 모든 것이 멎어버리길 바라면서 나의 호흡도 가빠졌다.

"쉬, 쉬, 쉬… 서두르지 말아. 급한 건 아무것도 없어. 여기 지금 당신과 나뿐이야. 지금 우리뿐이라고. 봐, 하나가 된 우리뿐이야. 완전체가 된 우리. 지금 나는 당신이고, 당신은 나야."

그의 속삭임은 한 마디 한 마디, 자음 하나 모음 하나 단위로 나뉘면서 내 심장에 박혔다. 이어진 그의 호흡이 날카로운 칼끝이 되어 그 부드러운 속삭임을 내 영혼에 새기는 동안 나는 그의 완벽한 상대가 되어 그의 반쪽을 완성하고 있었다. 그리고 그 마법의 주문대로 그가 내가 되는 동안 나는 그가 되었다.

첫 번째 오르가슴이 오고 비틀리는 내 허리 때문에 자세가 바뀌자 그는 두 팔로 내 등을 들어 올려 자세를 잡아주었다.

"Honey, 괜찮아. 좋아, 이나, 당신 멋져."

이 낮은 속삭임이 나를 두 번째 오르가슴으로 끌어올렸다. 미친 폭풍우가 심장을 난파시켰다. 둘로 쪼개진 심장이 하나는 머리로, 하나는 배꼽으로 내려가 터져버렸다.

이번에는 그에게서도 거친 신음이 여러 번 터져 나왔다. 그리고 그것은 나에게 승리감을 주었다.

이 폭풍우가 잔잔해지고 나서도 그의 무게는 내 배에서 떠나지 않았다. 마치 난파된 배 조각에 매달린 조난자처럼, 맹렬한 폭풍우에서 자신을 구해준 고마움을 표현하듯 부드러운 손길로 파편을 쓰다듬고 있었다. 이대로 망망대해로 흘러가리라. 나는 내 배를 쓰다듬는 그의 손길을 느끼며 내가 알게 된 것이 무엇인지 조금씩 이해하기 시작했다. 그리고 잠시 우물처럼 깊은 잠에 빠져들었다.

다시 정신이 들었을 때, 나는 시간이 많이 지났다고 생각하고 급하게 몸을 일으켰다.

"늦었나요?"

그의 큼지막한 손이 내 어깨를 누르고, 다른 손은 맑은 물이 찰랑거리는 물 잔을 내밀었다.

"늦다니? 무엇으로부터? 엘리스 아가씨, 토끼를 보고 놀라지 말아요. 늦은 시간이란 건 없어요. 당신의 시간은 항상 정확해요."

그는 정확했다. 나는 목이 말랐다. 물 잔을 비우고 나자 그의 손이 다시 잔을 받아 갔다.

"이나 씨, 고마워요. 나랑 같은 시공간에 존재해줘서."

좋았냐고 묻지 않았다. 자기가 괜찮았냐고도 묻지 않았다. 여러 번 왔냐고 묻지도 않았다. 그는 그동안 몇 번 안 되는 남편과의 관계 후 내가 한 번도 들어보지 못한 말들을 쏟아놓더니 웃음 가득한 눈매로 내 이마에 입맞춤을 퍼부었다. 그 입맞춤을 받으며 나는 내 안에서 한 여자가 눈을 떴음을 알았다. 이제 나를 방어할 소녀는 더 이상 필요 없다는 것도 알았다.

"물어보고 싶은 게 있어요."

나직한 내 질문에 그는 고개를 끄덕였다.

"정후 씨는 어떤 남자예요?"

그는 내게서 조금 떨어지더니 한결 가벼워진 음성으로 대꾸했다.

"흠… 제법 낭만적인 질문이네요. 내가 만났던 모든 여성들이 했던 질문을 통틀어 가장 흥미 있는 질문이에요. 나도 그게 무척 궁금하던 참인데, 어때요, 질문하신 분의 답을 먼저 들어봐도 되겠어요?"

"모르겠어요. 당신은… 내 환상 같아요."

"으흠? 우선은 이나 씨와 관계가 있군요. 좋아요. 그리고?"

"현실적이지 않은 거죠. 환상이란 때로 현실 파괴적일 수도 있고…"

이것은 그 소녀의 목소리인가? 아직 남아있는 두려움인가? 아직도 잃을 것이 남아있다는 소녀의 경고인가?

"이나, 현실의 비밀이 뭔지 알아요? 현실은 환상 없이 존재할 수 없어요."

그가 옳다. 현실은 환상 없이 존재할 수 없다. 그런데 왜 다들 현실을 위해 환상을 포기하라고 하는 걸까? 왜 환상을 쫓는 것에 대해 현실적이지 않다며 비난하는 걸까? 내 환상인 이 사람 없이 이제 나는 내 현실을 살아갈 수 없을지도 몰라.

"이나, 환상은 버려야 하는 것이라는, 타협을 가장한 현실의 협박에 굴복하지 말아요. 약속해요, 당신의 환상을 절대로 버리지 않겠다고!"

내가 눈으로 약속하는 순간 그의 입술이 내 입술에 닿았다. 그리고 속삭였다.

"당신은 나의 아니마, 나는 당신의 아니무스야."

7. 아니마와 아니무스

이날 오후의 만남 이후 피곤할 것이라는 예상과 달리 몸은 가뿐하기만 했다. 요즘 집에서 저녁을 먹지 않는 수현이 덕분에 나는 남편과의 2인분 식사를 준비했다. 밥솥이 칙칙대며 내가 수천 번도 넘어 만여 번째 지은 밥이 완성되어가는 중임을 알리고 있었다.

브란덴부르크 3번, 바흐가 들렸다. 남편의 전화. 저녁 준비가 거의 다 되었는데, 혹시 저녁을 먹고 오겠다는 전화일까? 평소 같았으면 미리 전화했었다면 좋았을 거라고 생각했겠지만 오늘은 저녁상에 남편과 둘만 마주 앉기 어색했는데 차라리 저녁을 먹고 온다는 전화라면 좋겠다.

"네, 저예요."

"수현 엄마, 잠깐 주차장으로 나와 봐."

열에 들뜬, 살짝 날카롭게 높아진 남편의 음성이 전화기 밖으로 쏟아져 나왔다.

"무슨 일인데요? 나 지금 저녁 하는데…"

"그런 건 이따 하고, 지금 당장 나와 봐. 내가 뭘 끌고 왔는지 보라고!"

뭘 끌고 왔다고? 당신이 이 집 안에 무엇을 끌고 들어왔는지는 잘 알고 있지요. 침묵, 단절, 오해, 갑갑한 일상 속에 감추어 두었던 서로의 비밀들.

나는 더 이상의 대꾸 없이 전화를 끊고 문을 열고 나갔다. 엘리베이터를 나오자 아파트 입구 바로 앞 주차장에 처음 보는 차 안에서 남편이 손을 흔들고 있었다. 보조석이 아닌 운전석에 앉아서.

"이게 뭐예요?"

회색 세단 BMW.

"웬 차예요?"

남편은 아파트 사람들이 다 들으라는 듯 큰 소리로 설명을 시작했다.

"글쎄 최서경 학생이 새 차를 뽑아야만 했나 봐. 사업상 그렇게 되었다 네. 그런데 마침 지난해 새로 산 차를 그냥 세워둘 수가 없다고 내게 받겠 냐고 해서, 나도 차는 있다고 했더니 사모님이 타시면 어떻겠냐고 하잖 아."

묘하게도 남편의 말은 항상 최서경이라는 이름이 접착제처럼 들러붙어 문장을 완성한다. 상황은 대충 설명이 되었지만 자세한 내용이 빠져있었 다.

"그래서 돈은 얼마나 지불하고요?"

"그냥 서류상 영수증으로만 주고받았어. 이건 마치 선물 같아."

뭐라고? 선물? 이쯤에서 띠링, 하고 전화벨이 울려야 하는가? 하지만 그 런 일은 없었다.

"근데, 이거… 이래도 되는 거예요?"

너무 고급 차다. 이런 식으로 가볍게 받아도 되는 걸까?

"글쎄 뭐, 서류상 문제없고, 우리들 양쪽 다 누가 이걸 문제 삼을 사람도 없고, 주고 싶은 사람이 주고 싶다는 데 받는 사람은 또 아쉬웠던 거니까. 당신 차 필요하잖아? 한번 몰아볼래?"

당황스러웠다. 둘러맨 앞치마 주머니에 들어가 있는 손에 다듬던 양파 냄새가 배었다는 생각이 떠올랐다. 내 대답은 기다리지도 않고 남편은 계 속 말을 이었다.

"내 차하고는 비교도 안 되게 좋아. 내가 이걸 타고, 내 차를 당신 타게 할까 하다가, 학교 출입증 발급 절차며, 교수들 보는 눈도 있고, 그냥 귀찮 더라고. 사실 나보다는 당신이 덜 타니까 차를 아끼는 셈도 되고. 그러니 우선 당신 차라고 해. 그러지 말고 한 번 타봐. 승차감이 완전히 달라!"

"나중에 할게요. 지금은…"

"그래, 내가 주차할게. 저기 자리 있네. 봐봐, 이거 작년 신형이라고. BMW 신형."

브레이크 등이 몇 번 깜빡이더니 회색 차는 주차장 한 칸을 꽉 채웠다.

트렁크에서 꺼낸 남편의 가방을 받아들고, 서류 봉투만 달랑 든 남편의 뒤를 따라 엘리베이터에 올랐다.

"이거야, 이거. 오늘 아예 서류 작업까지 다 마치고 왔다고. 보험은 당신 오빠, 그 형님 하시는 보험에 연락했어. 잘했지? 이번 달 처가댁 실적 좀 올려줘야지."

현관에 들어서자 남편은 새 자동차의 열쇠를 신발장 맞은편 벽 한구석에 언제부터 박혀있었는지 모르는 못에 걸었다. 구둣주걱을 걸어두던 못이던가? 구둣주걱을 써야 할 만큼 깔끔하게 구두를 신어본 것이 언제였더라? 기억도 가물가물하다.

저녁을 먹는 동안 남편은 최서경 학생이 차를 몰고 와서 열쇠를 건네주고 서류 작업을 위해 데리고 온 중개인과 어떤 말들을 주고받았는지 하나하나 자세하게 묘사했지만 내게는 아무것도 들리지 않았다. 이건 누구의 의도일까? 정말 최서경 학생이 한 일일까? 그 사람이 시킨 일일까? 그 사람이 이런 일을 시키면 최서경 학생은 아무 의심 없이 그대로 따르는 건가?

그날 밤, 생전 처음, 남편 아닌 다른 남자의 몸에 반응했던 내 몸이 금방 잠에 들기를 거부했다. 아냐, 그냥 생각지도 않게 새로 생긴 자동차 때문에 그런 거야. 거짓말. 그래, 사실은 단순하게 남편 아닌 다른 남자였기 때문이 아니라 생전 처음, 생애 처음으로 그 일이 즐겁다는 것을 알았기 때문이다. 그 일이 부끄럽다는, 혹은 상대를 기쁘게 해야 한다는 페이크 표정에 대한 부담감 없이 그 자체가 내게 얼마나 즐거운 일인지를 느끼기 시작했기 때문에.

그래도 자야 해. 잠이 들어야 해. 설마 자다가 잠꼬대로 그의 이름을 부르거나 하는 실수를 저지르지는 않겠지?

잠과 현실의 경계 어디쯤에선가 오늘 있었던 일을 숨길만 한 장소를 찾아 헤매면서 의식이 점점 몽롱해지려는 찰나였다.

띠링.

꿈인가? 우린 어제 오후에 만났어. 새벽 2시다. 설마 이 시간에 그 사람이 문자를 보냈을까?

'이나, 보고 싶어요. 지금'

꿈이야. 꿈을 꾸고 있구나.

결혼 십 년 차가 되었을 때 침대를 바꾸면서 2인용 퀸사이즈는 각자의 1인용 침대로 바뀌었다. 서로의 움직임 때문에 잠이 깨는 것을 막자는 의도는 성공했지만, 한 공간에서 소리를 공유해야 하는 것은 여전히 어쩔 수가 없다. 남편의 코 고는 소리가 다시 몽롱해지려는 나를 깨운다. 이봐, 수현 엄마, 서둘러. 양 대표님이 기다린다잖아. 어서 가보라고.

조용히 일어나 침대에 기대어 바닥에 앉았다. 전화기의 불빛이 남편을 깨울까 봐 조심스럽게 양손으로 가리면서 문자를 확인했다.

'이나, 보고 싶어요. 지금'

지금… 문자 끝에 언제나 선명하던 그의 마침표가 보이지 않는다.

옷을 갈아입어야 하나? 옷장 문을 열고 뒤적이면 남편이 깰 텐데?

나는 평소대로 얇은 분홍색 면티에 넉넉한 흰 면 반바지를 입고 자고 있었다. 아침에 그대로 일어나 앞치마만 두르면 식사를 차릴 수 있는 복장. 양말이라도 신을까? 생각은 그렇게 하면서, 몇 시간 전에 남편이 현관에 걸어둔 새 자동차 열쇠를 들고 조심스럽게 이미 대문을 닫고 있었다.

처음 시동을 걸어보는 차였지만 이십여 년의 운전 경력에 이 정도 거리는 거뜬히 몰고 갈만했다.

회색 BMW가 호텔 입구에 도착하자 유니폼을 입은 젊은 남자가 기다렸다는 듯이 발레 파킹을 도와주러 다가온다. 일상을 위한 밤과 낮같은 시간 개념 따윈 여기서는 아무 상관없다는 듯 호텔 로비는 환하게 밝았다. 엘리베이터와 긴 복도를 어떻게 지나왔는지 의식도 못 하고 도착해서 문에 걸린 숫자를 확인한다.

'704'

그 숫자를 마주한 순간 현실이 다가왔다. 나 지금 뭘 하고 있는 거지? 환상을 찾아온 건가? 하지만 현실을 봐. 이런 엉성한 복장을 하고 이 시간에 여기서 무얼 찾는다고? 아니야, 그는 지금이라고 했지만, 지금…은 아니야.

몸을 돌리려는 순간, 문이 열렸다. 그와 동시에 두 팔이 나를 잡아 문 안으로 끌고 들어갔다. 내 등 뒤에서 문은 단호한 소리를 내며 굳게 닫혔다.

내 입술을 덮은 그의 입에서는 술 냄새가 나지 않았다. 만일 그랬다면 좀 실망했을 것이다. 내가 이 확고한 입맞춤에 응하는 동안 그는 나의 티셔츠를 벗겼다. 이런, 속옷을 입지 않았어! 하지만 이런 상태를 부끄러워할 만한 상황이 아니었다. 그는 어제 오후의 부드럽던 그 남자가 아니었다.

"이나, 이나, 와줘서 고마워."

갈라진 그의 목소리 안에서 내가 감당할 수 없을지도 모른다는 느낌의 깊은 울림이 들렸다. 두려웠다. 현실을 덮친 이 환상이 당황스러웠다.

난 덫에 걸렸어. 이제 벗어날 수 없어.

그의 혀는 계속 내게 밀려들었다. 내 것과 얽히는 순간 그는 내 혀를 깨물기 시작했다.

'당신의 말을 빼앗아버리겠어.'

나는 모든 것이 끝날 때까지 아무 말도 하지 않기로 했다.

문 앞에서의 긴 입맞춤에 입술이 얼얼해질 때쯤 그는 나를 이끌고 중앙에 놓인 테이블로 갔다. 테이블 위에 놓여있던 작은 수첩과 만년필, 그리고 그의 전화기가 바닥으로 떨어지는 것이 보였다.

 그는 두 팔로 내 허리를 번쩍 들어 나를 테이블에 앉혔다. 그가 순간적으로 나를 들어 올렸다는 사실에 놀랄 사이도 없이 그의 한 팔은 내 등을 받치고, 다른 팔은 가슴을 밀어 테이블 위에 천천히 눕혔다.

 테이블 모서리에 걸쳐져 벌어진 내 다리 사이에 서 있는 그의 몸은 내게 밀착되었지만 그의 얼굴은 멀어졌다. 그를 바라보려는 내 시선에 그의 표정이 잘 잡히지 않았다. 그때서야 이 방의 모든 불이 꺼져 있다는 것을 인식했다. 깜깜한 방은 반쯤 열린 블라인드 사이로 들어오는 도시의 빛을 훔쳐다 그의 벗은 가슴을 비추고 있었다.

 그의 상체는 서서히 내 위로 기울어지더니 내 가슴에 부드럽게 뺨을 대었다.

 "미안해요, 이런 시간에 불러서. 보고 싶어서 참을 수가 없었어, My little kitty."

 그를 품어주고 싶다는 욕망이 내 두 다리로 그를 감싸 오므리게 했다. 나의 두 팔은 그의 목을 둘렀다. 그의 짧은 웃음소리가 어둠 속에서 내 가슴 주위를 맴돌았다.

 그는 내 가슴에 입을 맞추기 시작했다. 곧 작게 오므린 그 입술은 내 젖꼭지를 물고 가볍게 깨물었고 단단한 그의 혀는 내 유륜을 따라 무한궤도를 그렸다. 몸서리쳐지는 짜릿함이 등을 타고 흐를 때 내 두 팔은 그에게 매달리기를 포기하고 내 머리카락을 감으며 테이블 위에서 무언가 붙들 것을 찾았다. 나는 이 심연으로 끌려들어 가기를 갈망하면서도 두려워하고 있었다.

 나의 거친 숨소리 위에 낮게 신음하던 그의 입술이 다가왔다. 그의 두 팔

111

은 내 양팔을 잡아 머리 위로 고정시키고 그의 혀는 내 입속 깊이 밀려들어 와 목젖을 건드릴 지경이었다.

숨이 막히기 직전 몸을 일으킨 그는 여전히 한 손으로는 내 팔을 고정하고, 나머지 한 손으로 내 바지를 벗기기 시작했다. 하지만 그런 자세로 어둠 속에서 원하는 바를 쉽게 이루지 못하자 그는 잠깐 거친 숨을 몰아쉬었다. 그의 짧은 한숨 소리를 신호로 내 양발이 알아서 반쯤 벗겨진 바지를 끌어 내리고 팬티에서 빠져나오더니 다시 그의 등을 감쌌다. 따뜻한 살이 닿았다.

그가 내 왼쪽 다리를 자기 오른쪽 어깨에 걸쳤다. 그의 바지 지퍼 내려가는 소리가 어둠을 찢는 소리처럼 들렸다. 어둠처럼 차갑고 깜깜한 내 몸을 찢고 뜨거운 그가 내 안으로 들어왔다. 내 몸에 불이 들어오는 순간, 온몸의 세포가 깨어났다. 그의 강렬한 율동에 내 안에서는 폭죽이 터졌고, 깨어난 모든 세포들은 생명력의 탄생을 축하하는 춤을 추며 혈관의 안팎을 상관하지 않고 미친 듯이 휘돌고 있었다.

밀려드는 파도에 숨이 막혀 익사할 지경이라고 생각한 순간, 그 순간을 지나 깊은 바다가 나를 둘러싸고 주변의 소리마저도 하얗게 지워지는 찰나. 둘이 한 덩어리가 되어 끌려들어 가고 있는 그 바다의 심연 속, 그 영원 속. 그가 영원 속에 고정된 듯이 율동을 멈추고 이제껏 들어본 적 없는 멋진 숨을 토해냈다. 깊은 파도를 헤치고 다시 수면 위에서 거친 숨을 쉬는 우리 둘의 호흡이 얽혔다.

"당신은…"

소리가 아닌 말을 시작한 것은 나였다. 나 역시 불규칙한 호흡에 말을 바로 이을 수가 없었다.

"믿을 수 없는 남자예요."

그의 뜨거운 정액이 내 다리를 타고 흐르는 것을 느끼며 나는 내 말이 그를 닮아가고 있다는 것을 알았다. 담고 있는 내용과 전달하는 방식 사이의 틈이 그를 다시 흥분시켰다는 것도.

그는 발목에 걸쳐진 바지를 벗어 어디론가 차버리더니 내게 손을 내밀어 테이블에서 내려오게 했다.

이번에는 그가 말이 없었다. 내가 잡은 그의 손에서는 이제껏 느꼈던 친절함도, 부드러움도 아닌 단호함만 느껴졌다. 그것은 신뢰할 만한 단호함이었기에 나는 그 손이 이끄는 대로 소파로 다가갔다.

창가로 더 가까이 가자 그의 얼굴이 또렷이 보였다. 그의 눈 속에는 거부할 수 없는 불꽃이 타고 있었다. 거기는 나의 지옥이었다. 그는 나의 악마였다. 나의 사랑스러운 악마여, 나를 데리고 가요, 그 지옥으로.

지옥? 지옥으로? 갈 수 있을까? 정말 가도 되는 걸까? 파편이 된 의문 조각들이 나를 살짝 찌른다. 그를 바라보고 있는 내 눈빛에 두려워하는 소녀가 다시 떠올라서였을까? 그는 잠시 나와 마주 서서 엄격한 표정을 지어 보였다.

첫 번째 규칙, 나는 내가 되어야 했다. 철없는 소녀가 되어 달아날 수는 없었다. 응석받이가 되어 징징거려선 안 된다. 이 사랑이 예술이 되도록 나의 악마, 나의 뮤즈를 따라가야 한다. 아니, 내가 문을 열어야 한다, 나의 지옥으로 내가 나의 뮤즈를 초대하리라.

내 눈빛이 변한 것을 스스로도 느끼는 순간, 그의 눈에서 만족하는 빛이 떠올랐다.

"이나, 엎드려."

그가 무엇을 하려는지 알 수 있었다. 나는 소파에 상체를 기대고 엎드렸다. 하지만 예상과 달리 그는 내 뒤로 오지 않았다. 내 옆으로 다가와 소파에 앉더니 팔을 뻗어 내 등을 쓰다듬기 시작했다. 그의 손가락이 지나갈 때마다 척추 마디 하나하나가 깨어나 출석 체크에 응답하듯 꿈틀거리며 대답을 했다.

언제 챙겼는지 모를 보송보송한 수건을 들고 그는 내 몸을 닦았다. 땀이 촉촉한 이마와 목을 지나 내 등을 따라 내려가는 수건의 보드라움을 느끼는 순간, 가슴으로 모여 흐르던 땀방울이 엎드린 상태의 한쪽 유두에 맺혀 바닥으로 떨어졌다.

둥근 엉덩이 사이로 수건과 함께 들어온 그의 손가락이 나에게 닿았다. 눈을 감고 수건의 부드러움을 즐기던 나는 그의 손가락이 들어오자 화들짝 놀라 고개를 들었다. 그는 소파에 앉아 내 쪽으로 몸을 기울이고 있었다. 벌어진 그의 입술 사이로 가지런한 이들이 하얗게 빛나고 있었다. 그가 눈으로 나를 맛보고 있다는 것을 알았다. 나를 핥고 있던 그가 곧 나를 깨물어버릴 것이라는 것을. 그러나 나는 두렵지 않았다. 이제 다시는 두렵지 않으리라는 것도 알았다.

그는 내 뒤로 왔다. 어딘가에서 보기는 했지만 처음 취하는 자세라 마음먹은 바와 달라 어쩔 줄을 모르고 있는데, 그의 팔이 익숙하게 내 허리를 감싸고 살짝 들어 올리더니 각도를 맞추었다. 그가 들어오는 기쁨이 이번엔 다른 색깔로 나의 뇌를 염색해갔다. 보라색, 자주색, 다홍색, 청보라, 마젠타, 마젠타, 물리적으로는 존재하지 않는 색이라는 마젠타색…

이번 율동은 나와 그의 완전한 합작품이었다. 우리의 그 춤에 어울릴 만한 노래가 끊임없이 내 입술과 그의 입에서 터져 나왔다. 아니마와 아니무스가 하나가 되어 완전한 인간, 아니 완전한 신이 되는 순간이었다. 그 순간은 우리의 영원이었다.

아까까지 분명 내 집 침대에서 몽롱한 상태였는데? 잠이 들까 말까 하던 순간이었다. 그리고 지금 여기 그의 폭신한 침대 위에서 느끼는 이 몽롱함은 아까의 잠이 꿈으로 이어진 것 아닐까?

누운 자세를 살짝 바꾸자, 끊어질 듯한 뻐근함과 충만감이 하나가 된 허리의 감각이 힘이 다 빠져나간 팔다리의 노곤함과 함께 이 모든 것이 생생한 현실임을 증명해주었다. 고개를 들자, 그가 누워있었다. 내 바로 옆에서 순한 아이처럼 규칙적인 호흡으로 곤하게 자고 있는 저 균형 잡힌 얼굴이 몇 시간 전까지 나를 어떻게 바라보았던가 생각하니 다시 가슴이 뛰었다.

몇 시간 전까지! 앗, 그렇다면 지금은 몇 시지?

창밖이 부옇게 밝아져 오고 있었다. 도시의 밤을 지키던 오렌지빛 가로등불은 말없이 지켜보았던 우리의 지난밤을 아침 햇살에게 전하지 않겠다고 약속이라도 하는 듯 갑자기 툭 하고 사라졌다.

수현이! 아침식사를 차려야 한다. 오늘은 금요일이야. 내일이면 몰라도 오늘은 안 돼!

잠든 그가 깨지 않도록 조심스럽게 일어나려고 했다. 하지만 그의 손이 침대를 벗어나려는 내 팔을 잡아당겼다.

"가야 해요."

그는 손을 놓았다. 벗어 던진 옷들을 찾아 주섬주섬 입고 있는데 그가 일어나 샤워가운을 걸치고 다가왔다.

"보내야 하나?"

이렇게 가슴 떨리게 하는 질문을 들어본 적이 이제껏 내 평생의 기억 중에는 없었다. 그를 똑바로 쳐다보았다가는 이 방을 떠날 수 없을 것이라는 이성의 경고에 동의하면서 나는 눈을 들지 않았다.

그는 내 무언의 대답을 받아들였고, 방문까지 배웅하면서 내게 닿지 않으려고 조심했다. 등 뒤에서 천천히 닫히던 문이 결국 딸칵 소리를 냈을 때, 작별 키스도 없었다는 서운함보다 이미 내 안에 가득한 그가, 그리고 그의 안에도 활짝 피어났을 내가 행복하기만 하다는 것을 부인할 수 없었다.

"수현 엄마, 아침부터 어디 다녀와? 새벽예배 다녀왔어?"

집에 조용히 들어서느라고 나름의 최선을 다했지만 거실 화장실을 막 나오는 남편과 마주한 채 이 질문에 답을 해야 하는 입장이 되었다.

그래, 새벽예배. 좋은 핑계가 될 수 있겠다. 대충 둘러대기 좋다.

"예."

아, 아냐! 오늘은 누가 설교를 했는지 물을 수 있어. 누구를 만났는지, 혹은 내게 묻지 않더라도 나중에 우연하게라도 누군가와 대화하다 내 거짓 말이 드러날 수도 있잖아. 이건 위험한 알리바이다.

"난 또 당신이 새 차 때문에 좋아서 잠도 설치고 아침부터 한 번 달려보고 온 줄 알았어. 옷차림을 그렇게 해서 나갔으니 말이야."

등으로 한 줄기 식은땀이 흐른다. 이런 복장으로는 교회에 가지 못한다. 실수를 만회할 기회는 지금뿐이다. 더 늦어지면 애매함이 뿌린 씨앗은 곧 의혹이라는 싹이 튼다.

"실은 맞아요. 차가 궁금해서 새벽이라 도로가 한적할 때 좀 달려보고 왔어요. 일 년밖에 안 된 차라 그런지 완전히 새 차던데요? 최서경 학생에 게 어떻게 고맙다고 표현해야 할지 모르겠어요."

마무리를 잘했다. 남편의 입꼬리가 귀에 걸린다. 눈에 보이도록 기분 좋은 표정을 하고 남편은 자기 서재로 간다.

남편의 냄새가 남아있는 화장실로 들어가고 싶지 않아 안방 화장실로 갔다. 거울에 비치는 저 여자는 불과 몇 시간 전에 이 세상에는 다른 별이 있다는 것을 확인하고 온 행성 여행자다.

반짝거리지만 지쳐 보이는 눈가, 뜨거웠던 입맞춤들로 부푼 입술 주변, 조금만 손을 대도 비상벨 소리가 날듯이 깨어있는 온몸의 감각들. 남편은 어떻게 이걸 못 알아볼 수 있지? 아니, 아니다. 남편은 못 알아보는 게 아 니다. 그는 안 보고 있는 거다. 그에게 나는 투명하니까.

이제 나와 마주 보고 있는 저 여자는 이 별 위에서의 두려움을 잊어버렸다. 두려움을 잊어버린 거울 속 저 여자가 오로지 두려워하는 한 가지는 앞으로 결코 사용할 필요가 없어야 할 세 번째 규칙이다. 이별의 규칙.

나는 목걸이를 다시 함에 넣었다. 너무 예뻐서 평소에도 걸고 있으려고 했지만 이 목걸이를 걸기로 한 만남은 특별해야만 했기에 아니, 이미 특별했기에 나의 비루한 일상 속에서 함께 하기엔 너무 소중해져 버렸다.

8. 남편의 비밀

오 개월간 만남은 규칙적으로 지속되었다. 그리고 그때마다 내 안의 갈증은 더 커져갔다.

나는 그와 이어지는 밤과 낮을 보내고 싶었고, 그와 비행기를 타고 어디론가 떠나고 싶었다. 나는 최서경의 자리에 앉고 싶었다. 내가 왜 이민규의 아내가 되어있는 걸까? 왜 양정후의 아내는 될 수 없었지?

그는 왜 한국으로 와서 아내를 찾지 않았을까? 이민규 교수가 강의하는 것을 보러 온 유학 시절 친구가 강의실에서 날 만날 수는 없었을까? 우리는 첫눈에 서로를 알아볼 수 없었을까? 이민규 교수가 나를 자신의 우수학생이라고 소개할 때 지금보다 십칠 년 더 젊은 양정후 씨는 그 번뜩이는 눈빛으로 날 잡아먹을 듯이 욕망하지 않았을까? 아, 그렇지… 그는 우리보다 훨씬 먼저 결혼을 했었구나. 이십 사 년 전. 그럼 난 막 고3 입시생이 되었었겠구나…

어린 시절 친정엄마 아빠가 미국으로 이민할 계획을 했었다는 얘기를 들은 적이 있었다. 만약 우리 가족이 미국으로 갔었다면 그와 나는 틀림없이 그때 만났었을 것이다. 한국식품을 파는 슈퍼마켓 모퉁이에서 같은 물건을 집어 들다가 마주쳤을지도 모른다. 조금 젊은 레옹과 마틸다처럼 보였을까? 어쩌면 한인교회에서 만났을지도 모른다. 좀 어리긴 했겠지만 나는 귀찮은 여동생처럼 그를 쫓아다니면서 내가 다 클 때까지 나를 기다려 달라고 졸라댔을 것이다. 그러다 어느 해 미국 독립 기념일 불꽃 축제를 구경하러 그를 따라갔다가 그날 밤 불꽃이 터져 나오는 하늘 아래 그의 BMW 차 안에서 내 처녀성을 터뜨려버렸을 것이다.

양정후의 아내 최서경. 내가 그녀라면, 그녀는 내가 될까? 그녀는 아내인 나를 속이고 정후 씨와 만나게 될까? 그녀가? 정숙하고 고전적인 최서경. 바람피우는 상대, 내연녀라는 개념과는 어울리지 않는 여자. 하지만 알 수 없지. 누구에게서라도 그 숨은 매력을 찾아내는 게 정후 씨 능력이니. 혹시 아내가 된 내게 질린다면 그 사람은 전혀 다른 매력을 찾아 그녀에게로 떠날지도 모른다. 질린다고? 내게 질린다고? 누가 그렇게 놔둘 줄 알아? 정후 씨를 빼앗기느니 죽고 말 거야.

안으로 자라는 내성 손톱처럼, 그에 대한 내 욕망은 질투와 소유욕이 되어 나를 찌르기 시작했다. 아픈 줄조차 모르고 나는 피를 흘리고 있었다. 피 흐르는 그 손톱을 치유할 생각 따윈 전혀 없이 그 마른 피떡 위에 그를 위해 곱게 매니큐어를 바르고 있었다. 그러나 알고 있었다. 이런 손톱은 그에게 내보일 수 없다는 걸. 그건 예술이라고 부를 수 있을 만큼 아름답지는 않다는 걸.

띠링.

후다닥 달려든 전화기에는 그의 문자가 또렷이 박혀있었다.

'보고 싶어요. 오늘 밤 9시 반, 22층 라운지.'

12월이었다.

기말고사 준비로 수현이는 학교 야간 자율학습이 끝나면 독서실에서 새벽 두 시까지 머물다 온다. 때로 거기서 잠을 자기도 한다기에, 그냥 집에 와서 쉬라고 해도 몇 시간 잠이 들더라도 독서실에 있는 것이 마음은 편하다고 했다. 숨이 턱에 차도 어쨌든 경쟁자들 속에서 함께 달리는 것만이 도태될지도 모른다는 근본적 불안을 덜어내는 방법인가? 무엇을 위해 그렇게 살아야 하는지 수현이를 보고 있는 내가 더 답답했다.

남편은 어제 강원도로 2박 3일 학회모임을 떠났다. 매 학기, 매 학년이 마무리될 때면 각종 학회와 모임이 있다. 남편은 정기적으로 비슷한 부류의 사람들을 만나고, 정보를 교류하고, 새로운 도전을 받는다. 내게는 허용되지 않은 혜택.

일곱 시부터 샤워를 마치고 옷장 문을 열어 뒤적이는 손끝의 감각이 짜릿하게 살아난다. 이번에는 방이 아니라 라운지로 오라고 했다. 무슨 일이지? 특별한 일이라도 있는 걸까?

수현이에게 보낸 문자. 엄마는 일이 있어 늦으니 집에 왔을 때 혹시 없더라도 쉬고 있으라고 보냈더니 바로 답문이 온다.

'제 걱정은 마시고 편히 일 보고 오세요.'

내가 없으면 큰일이 나는 줄 알았던 그 아이가 아니구나. 내가 아니면 안되는 줄 알았던 그 아이가 아니야. 그 아이는 이제 없다. 그리고 그 시절의 나도 이제는 없다. 잠시 지나가는 서글픔.

옷장 거울에 비치는 나는 올 한 해 살이 많이 빠졌다. 실제로 옷의 치수가 줄고, 몸의 선도 눈에 띄게 달라졌다. 무엇보다 사랑받는 여자의 행복감이 충만해져 있는 피부에서는 내가 보아도 빛이 새어 나왔다. 그 빛이 반사판처럼 나 자신에게 자신감을 주었다. 가슴은 당당해지고, 등은 꼿꼿해지고, 팔과 다리의 움직임은 부드러워졌다.

외적인 면만 변한 것이 아니었다. 나는 어떤 대답을 해야 하는 상황에서도 떠오른 그 대답이 적절한 것인지 한 번 더 생각하게 되었다. 내게서는 향기가 나는데, 그 대답이 혹시 나의 향과 어울리지 않는 말은 아닌지 다시 한번 확인할 필요가 있었다.

언젠가 꼭 입어보고 싶어서 사두었지만, 맞지 않는 치수 때문에 거의 십여 년을 걸어두기만 했던 샤넬라인의 아이보리 모직 투피스가 생각났다. 너무 오래된 옷이라 상하지 않았을까 조심스레 뒤적여보았더니 다행히 옷은 괜찮아 보였다.

맞을까? 조심스레 허리를 채우는데 약간 남는다. 밀려오는 성취감. 이런 옷은 원래 늘씬하게 타고 난 쭉쭉빵빵한 언니들이나 입는 거라고 생각했던 이유가 뭘까? 왜 그런 집단을 만들어 나를 거기서 제외시켜왔을까?

내가 나다워지려고만 했어도, 내가 받을 사랑을 요구하고, 좀 더 나를 사랑하기만 했어도, 그동안 나를 그렇게 미워하지 않았어도 됐을 텐데. 모두가 나를 미워했다 해도 나는 나를 사랑했어야 했는데. 나를 사랑할 최후의 한 사람은 어쩌면 나 자신이었는데.

"다시는 그렇게 널 몰아세우지 않을게. 넌 충분히 멋지고, 소중해. 넌 사랑받을 가치가 있어."

나는 거울 속의 내게 윙크를 하며 혼잣말을 했다. 마치 소녀 때 놀던 놀이처럼. 가슴이 벌렁거리며 웃음이 터져 나왔다. 사랑하는구나. 사랑은 사람을 아름답게 만든다.

사랑하는 사람들은 아름다워. 순간, 사랑은 예술이라고 하던 그의 말이 생각났다. 그래서 그렇게 말했던 거야. 그 사람은 자신의 예술적 자질을 충분히 발휘하고 있는 거다. 나는 그의 작품으로 거듭나고 있는 거다. 하지만 그에게 속하지 않은 독립적인 작품으로.

나의 이 자기 사랑의 의식이 그의 손에서 태어난 사실을 영원히 지울 수는 없겠지만, 그러나 작가가 작품을 소유하는 것은 아니듯이, 작품도 작가와 완전한 하나는 아니듯이, 그렇게 나는 나의 아름다움으로 당당하게 이 세상에 다시 나타난 것이다.

흰색 실크 블라우스의 목선이 차이나 칼라라서 투피스 상의와는 어울렸지만 스카프를 두르기도, 그렇다고 두르지 않고 그냥 있기도 애매했다. 시간이 있을 때 입을 만한 것들을 좀 둘러볼 걸 그랬나 보다. 어느새 그 사람과 늘 방에서 만나는 것이 익숙해져서 옷 생각을 별로 하지 못하고 있었던 것이 속상하고 미안해졌다.

그래, 이렇게 익숙해지다가 그런 일상이 되어갔었지, 남편과도. 처음에 남편 옆에서 방귀를 참을 수 없었을 때 나 자신에게 얼마나 좌절했었는지.
그리고 어느새 남편도 커다랗게 방귀를 뀌어댔다. 트림을 하고, 코를 파서
동그랗게 말더니, 어느 한 날 사소한 말다툼에서 내가 생전 처음 들어보는
욕을 했다.

'에이, 썅!'

더 이상 생각을 진행시키지 않고 나는 목걸이를 걸었다. 이것은 시작을
알리는 팡파르였다. 차이나 칼라 사이에서 반짝이는 목걸이로 충분했다.
두 벌의 코트 중 아끼느라 잘 안 입던 길고 검은 울 코트를 걸치자 연말 모
임에 나갈 준비가 끝난 여인이 연인의 마중을 기다리기만 하면 된다고 거
울 속에서 마주 보며 웃는다.

그러다 곧 쓸쓸해진다. 그렇구나. 그걸 기다릴 수가 없구나. 연인은 나를
마중하러 오지 않을 것이다. 나는 자동차 열쇠를 챙기고, 아껴 관리하던
단 한 켤레의 부츠를 꺼내 신었다.

12월 중순의 호텔 라운지는 웅성거리는 사람들의 소리로 묵직한 공기가
꽉 채워져 있었다. 붉은 카펫 위로 샹들리에의 노란 불빛들이 금빛 파도처
럼 출렁거린다. 검은 정장을 빼입은 직원들이 재빠른 눈짓으로 서로서로
에게 신호를 보내며 사람들의 움직임을 돕고 있다.

"약속이 있으신가요?"

"네, 저…"

눈매가 날카로운 한 직원이 나선다.

"혹시 안이나 님이신지요?"

"네."

대답은 자연스럽게 나왔지만 흔들리는 눈빛을 감추려고 얼른 눈길을 바
닥으로 떨구었다. 이 사람들은 어디까지 알고 있는 거지? 하긴 내가 이 호

텔을 드나든 걸 생각하면 이들이 전혀 아무것도 모를 거라고 생각할 수는 없다. 아마 알고도 모르는 척하는 것이겠지?

쓸데없는 연상이었다. 나를 안내하는 직원의 표정은 기계적인 매뉴얼 외의 그 어느 것도 아니었다. 라운지 한쪽 커다란 창가를 차지한 널찍한 소파에 긴 다리를 꼬고 앉아 있는 그 사람에게 다가가는 데는 인간의 감정, 편견, 판단, 의견 따위는 필요 없었다.

검은 양복을 입은 채 오른팔로는 자기 가슴을 감싸고, 다른 팔은 그 오른팔에 걸어 왼손을 턱에 괸 채, 그는 직원의 안내를 따라 다가가고 있는 나를 향해 은은한 미소를 짓고 있었다. 직원을 따라 걷지 않았으면 멀리서도 뚜렷이 보이는 그 미소에 떨려 내 걸음이 엉켰을지도 모른다.

'이나, 당당하게. 아주 멋져. 그대로 내게 다가와요.'

앞에서 안내하는 직원의 뒤에 숨고 싶었던 소녀에게 그의 눈이 말하고 있었다.

"안내해 주셔서 감사해요."

마지막으로 정중하게 고개를 숙이는 직원에게 이제 돌아가도 좋다고 말한 것은 또렷한 내 음성이었다.

"난 더 기다릴 작정이었는데?"

15분 전이다. 나도 이 사람을 기다릴 생각으로 일찍 도착했다. 어느새 일어나 내 코트를 벗기면서 그는 내 이마에 입을 맞춘다.

"사람들이 봐요."

적지 않은 사람들을 지나 왔기에 나는 얼른 주변을 둘러보았다. 그리고는 우리 주변을 둘러싸고 세로로 서서히 닫히고 있는 블라인드의 자동 시스템에 놀라서 이번에는 그를 쳐다보았다. 그의 눈은 나를 놀리는 재미를 만끽하느라 반짝거리고 있었다.

"그렇지? 남들이 조금은 봐줘야 더 짜릿할 거야. 다 닫지는 말고, 반만

닫읍시다."

음성인식 시스템이라도 있는지 그의 말에 따라 블라인드는 반쯤 닫히다 멎는다. 저쪽 편 사람들의 모습이 블라인드 사이로 조각조각 흩어졌다.

"이런 곳은 처음이에요."

"만나자마자 날 지루하게 할 생각인가?"

그렇지. 이런 식상한 말은 그를 지루하게 한다. 이벤트를 준비한 남자에게 감동하는 여자의 모습 같은 건 수십 번도 더 봐왔을 것이다. 나는 안이 나로서 지금 이 순간을 느끼고 즐겨야 한다. 이 사람은 그런 내 모습을 즐길 테니까.

잠시 우리 만남의 목적을 잊었던 사과의 의미로 나는 그의 앞에 마주 서서 그의 눈을 똑바로 올려다보았다. 내려다보는 그의 눈빛이 잔잔하게 흔들린다. 내가 발꿈치를 들자 나로서 할 수 있는 최대치를 했다는 것을 알고 있는 그는 고개를 낮추어 내 입술이 전하는 사과를 받아들였다. 잠깐의 접촉으로 그의 입술에 내 붉은 립스틱이 묻었다. 내가 손을 내밀어 그의 입술을 닦아주려 했지만 그는 내 손을 잡아 자기 가슴 쪽으로 끌어당기고 자기 입술에 묻은 내 립스틱을 혀로 깨끗이 닦아 먹었다. 내려다보는 그의 눈빛이 뜨거웠다. 이봐요. 이러려면 블라인드를 다 닫던지.

그의 눈빛만으로도 달아오른 나를 그는 다시 한번 놀리듯이 살짝 밀어낸다.

'이나, 아직 더 멋있어져야 해. 왜 그렇게 쉽게 허락하려는 거야? 당신 이 정도면 얻을 수 있는 여자였던 거야?'

함께 떠나기로 한 요트 여행이 혼자만의 뗏목 탐험이 된 것처럼, 나는 잠시 외로움을 느껴야 했다. 소파 옆 유리 테이블에 놓인 와인 잔을 채우는 그의 동작을 눈으로 뒤쫓았다. KRUG. 보기에도 무장한 기사처럼 단단해 보이는 까만 병에 황금 테를 두르고 다른 말은 필요 없다는 듯 네 개의 굵은 알파벳 대문자만 보인다. 가늘고 깜찍한 샴페인 잔에 예쁜 금빛 액체가 찰랑거린다. 그래, 나는 이 순간을 즐겨야지.

곧 커다란 창이 바닥까지 내려온 벽면 전체라는 것을 알아차리고 창으로 다가갔다. 까만 하늘이 닿은 지평선 저 끝에는 자그마한 건물들이 늘어놓은 장난감 트리처럼 반짝인다. 눈 아래 규칙적으로 늘어선 노란 가로등 불빛이 한없이 뻗어 나가는 팔 차선 도로 위를 비추고, 그보단 여린 불빛을 단 조그만 차들이 줄을 지어 그 도로 위를 달린다.

통유리 창 앞에 서니 나는 그대로 하늘에 떠 있는 느낌이었다. 저 자동차들은 어디로들 가는 걸까? 다들 목적지를 두고 움직이는 거겠지? 여기 나처럼 아무 목적지도 없이, 어떤 결론도 없이 지금 이 순간만을 즐기기 위해 달리는 이들은… 없겠지?

와인 잔이 다가오기 전에 이번에도 와인 향이 먼저 코끝에 닿았다.

잔을 든 그의 손 위에 내 손을 얹었다. 그는 그대로 내 손이 당기는 대로 와인 잔을 내 입에 대고 기울여주었다. 달콤했다. 실제로 달콤한 와인이었는지, 그의 손과 함께 마셔서 달콤했는지 나는 지금도 알 수 없다.

그는 내 손에 와인 잔을 쥐여주고 한 팔로는 내 어깨를 감싼 채 나처럼 창을 향했다. 자동차들은 여전히 달리고 있었다. 그들은 달리는 데 우리는 멈추어 서 있었다.

"남들이 다 달린다고 우리도 꼭 달려야 하는 건 아니잖아?"

"네?"

"이나, 당신 방금 저 자동차들은 다 달리는 데 우린 멈추어 서 있다고 말했어."

생각인 줄 알았는데, 입 밖으로 소리를 냈구나. 속마음을 들키지 않게 조심해야 해. 언젠가는 이 사람에게 사랑한다고 말하는 실수를 저지를지도 몰라.

"슬프게 들렸어. 슬프게 혼자 우는 고양이처럼."

그의 입술이 내 오른쪽 이마에서 말했다. 고개를 들면 그의 입술을 받을 수 있었지만 그러지 않았다. 슬플 때는 입을 맞추고 싶지 않았다. 무너질 것 같았다. 그래서는 안 된다. 이 작품을 망쳐선 안 된다. 우리는 예술가들이니까.

와인 잔을 비우는 동안 우리는 계속 창가에 서 있었다. 아무 움직임 없이 서로의 체온을 느끼는 것만으로도 이 순간은 완전하다.

"눈이 와요!"

드라마나 영화의 세트장이었다면 흔한 장면이 되어버릴 소품이 창밖에 흩어지기 시작했다.

"그래야지. 일기예보로 확인했거든. 오늘 밤부터 전국적으로 눈이 오지. 내일 아침까지 폭설이 올 것으로 예상되는데, 강원도에도 눈이 많이 올 거야."

다시 올려다본 그의 눈은 오래전부터 나를 지그시 내려다보고 있었다.

"우리 만남을 위해 내가 많은 노력을 한다는 걸 알아줘요. 물론 내 비서가 학과에 전화 한 통 해서 닥터 리 스케줄을 물으면 끝이긴 하지만, 신경은 많이 쓴다고."

우리는 방향 없이 서 있는 줄로만 알았는데 이 사람은 계속 브레이크도 밟고, 핸들도 돌려대고 있었던 것이다. 어디로 가야 할지 방향을 모르고 있었을 뿐, 우리는 계속 달리고 있었던 것이다.

나는 그에게 머리를 기댔다. 눈발이 점점 굵어진다. 아주 잠깐 수현이의 귀갓길이 떠올랐지만 독서실은 집에서 멀지 않다. 돌아갈 길에 운전을 할 수 있을까 하는 걱정도 떠올랐지만 그건 나중에 생각하기로 했다.

잔이 비자 그는 내 잔을 받아 자기의 빈 잔과 함께 한 손으로 들고 다른 손으로는 내 손을 깍지 끼더니 창 앞에서 몸을 돌려세웠다.

"여기가 창이 기가 막힌 라운지인 건 맞아요. 하지만 오늘 여기 온 이유는 저기 있어."

서로 깍지 끼운 손을 들어 그가 가리킨 쪽은 라운지 가운데 마련된 작은 무대 공간이었다. 약간 턱을 높여 만든 열린 공간에는 반짝이는 하얀 그랜드 피아노가 왕좌에 앉은 듯 위엄을 부리고 있었다.

"열 시부터 유명한 재미 재즈 피아니스트가 연주하기로 되어있거든. 사실 유명하다고 해도 여기서는 미국에서만큼 안 유명해. 그러니 이런 연주자를 연말 호텔 라운지 무대에나 세우지. 하지만 두고 보라고. 곧 텔레비전에서 보게 될 사람이야. 그러니 미리 사인이라도 받아두자고."

시간은 아직 이십 여분쯤 남았다. 우리는 아까와는 다른 직원이 테이블 위에 두고 간 딸기와 치즈를 먹으며 소파 깊숙이 편안한 자세를 하고 기댔다. 이 사람을 만나면서 하나씩 배운 치즈들. 아시아고는 희고 부드럽고 고소하다. 미몰레뜨는 노랗고 더 짭짤하다. 하지만 역시 촌스러운 내 입맛은 잘 갈린 복숭아 알이 탐스럽게 박힌 과일 크림치즈로 손을 보낸다.

라운지 전체에 잔잔하게 흐르며 원래 공기에 묻어 있는 듯 자연스러웠던 클래식 음악 소리가 점점 작아지더니 정전처럼 잠시 침묵이 시간을 갈랐다. 그리고 곧 피아노의 건반이 두드려졌다는 것을 라운지 안의 모든 사람들이 알 수 있도록 우렁차게 캐럴이 터져 나왔다.

분명 알고 있는 크리스마스 캐럴인데 전혀 처음 듣는 음악이었다. 마치 남들은 흔히 알고 있다고 생각하는 관계이지만 둘 외에는 그 어느 누구도 만들어 낼 수 없는 우리 관계처럼.

한 시간 동안 계속되는 그 특별한 재즈의 선율에 천천히 내 몸이 실렸다. 부드럽게 흔들리는 내 고갯짓을 따라 그의 손가락이 내 목에 닿았다. 내 뺨을 쓰다듬는 그 손에 얼굴을 기울이며 피아니스트의 손가락을 느낀다. 끊어지지 않는 재즈의 선율을 따라 나도 온몸으로 협주를 하고 있었다.

징글벨의 신나는 변주가 진행되는 동안 그의 입술은 내 뒷목에 머물다가 산타할아버지에게 선물을 받으려면 울면 안 된다는 피아노의 자상하고도 애교 섞인 설득에는 내 오른쪽 귀를 깨물고 있었다.

입맞춤. 우리는 최대한 소리를 내지 않으려고 숨을 죽이고 입을 맞추었다. 가깝지는 않더라도 다른 사람들이 있는 곳이어서, 더군다나 그 열정적인 연주가에 대한 예의를 표하고 싶었기 때문이다.

고요한 밤, 거룩한 밤으로 잔잔한 피아노의 선율이 마지막 연주를 마쳤을 때, 하얀 눈이 두껍게 덮인 창밖은 아주 다른 세상이 되어있었다.

터질 듯한 박수 소리가 앙코르곡에 대한 찬사마저 실어 보내고 나자, 사람들은 하나둘 일어나 움직이기 시작했다. 곧 녹음된 잔잔한 재즈 색소폰 음악이 흘렀다. 라운지 전체의 조명은 한층 더 어두워졌고 십오 분쯤 더 지나자 라운지는 거의 비었다.

"방으로 갈까?"

코트를 들고 그의 옆에서 나란히 걸을 때 우리의 도착지는 어디일까 하는 숨어있던 질문이 다시 떠올랐다. 답을 찾아야 했지만 그 질문은 704호 문이 닫히면서 또다시 사라졌다.

이별은 아마도 예고된 답 중의 하나였을 것이다.

그리고 그것은 예상보다 빨랐다. 무엇보다 그 원인이 된 화살이 날아온 곳은 한 번도 예측하지 못한 곳이었다.

내게 그 특별했던 해가 지나가고 찾아온 다음 해.

1월은 미국에서 시댁 가족들과 보내야 한다고 최서경 학생도 자신이 머무는 한국의 아파트를 비운다. 한 달과 두 달의 길이 차이가 두 배 이상을 넘어 세 배, 네 배까지도 느껴진다는 것이 신기할 따름이었다.

설 명절에 남편은 학과장 임명이라는 명예로운 소식을 들고 자신의 가족들을 만나러 간다는 것에 스스로 자랑스러워했다. 여느 해답지 않게 목소리가 커진 남편의 모습에, 가장 가까우면서도 늘상 다투기 잘하던 두 살차이 바로 손위 누나가 핀잔을 준다.

"민규야, 너 이제 학과장 해서 언제 총장 해볼래? 큰 언니처럼 총장은 해봐야 학교에서 행정직 좀 했다고 명함이라도 내밀지, 어디 학과장 가지고 되겠냐?"

"아, 누나는 좀…"

끼어들 필요도 없는 대화였지만 그들 앞의 접시를 치워야 했다. 나는 시댁 모임에서는 암묵적으로 불가촉천민이라 동의된 소위 며느리였다.

"막내야, 그런 거 자랑이라고 내놓지 말고, 어디 수현이 공부는 잘하니? 아직 고등학생이니 장가가려면 한참 남았네? 대학, 대학원, 박사 끝나려면 아직 십 년 넘게 남았네?"

전공도 정하지 않은 아이의 박사 진로를 계획하는 건 이 집안의 습관 같은 거라 이제는 놀랍지도 않다. 결혼한 첫해부터 내게도 박사는 언제쯤 끝낼 계획이냐고 묻곤 했다. 당신들의 잘난 아드님이자 동생분의 일상생활 뒷바라지를 하느라 할 수 없는 일이 되었노라고 말할 수 없었다. 그들은 그런 것을 이해할 수 없는 이들이었으니까.

'나도 박사 공부하는 동안 아들 소풍 도시락도 못 싸주고 그랬었어.'

어느 한 해, 수현이가 아직 젖을 빨던 때 공부를 계속하고 싶은 마음을 털어놓아 본 적이 있었다. 진심으로 도움이 될 만한 조언을 듣고 싶었다. 그리고 알게 된 큰 누님의 고충. 그랬구나. 승승장구한 인생만 살았을 것 같은 이분도 그런 아쉬움이 있었구나.

'그러셨어요? 정말 너무 속상하셨겠어요.'

'말해 뭐해. 그래서 우리 큰아들은 그때 가정부 아줌마가 싸주는 도시락 가지고 소풍 갔잖아. 내가 그걸 평생 못 잊어.'

기억 저편에서 올라오는 구역질. 이유식을 뗀 수현이가 연어를 좋아한다고 하자, 놀라워하면서 대꾸했던 말에도 바로 이 구역질이 났었다.

'어린 녀석이 비싼 고기를 좋아하네?'

기본적인 가치관, 삶의 틀이 다르면 얼마든지 다르게 보일 수 있다. 이해할 수 있다. 그 이해라는 것이 언제나 나의 몫인 것이 이해 가지 않을 뿐.

바로 그때, 그들 앞의 마지막 빈 접시를 들어 올리던 내 귀에 믿을 수 없는 문장이 꽂혔다.

"서경이네 큰딸은 이번 크리스마스에 한국에서 결혼한다며? 근데 걔 정말 수현이 누나 아닌 거 맞아? 그냥 사촌이야?"

"누나!"

남편의 외마디 소리와 동시에 나도 남편의 누나를 바라보았다. 다행히 들고 있던 접시를 떨어뜨리거나 하는 극적인 연출은 없었지만 수현이의 막내 고모는 자신이 쏟은 것을 주워 담기엔 너무 심하게 어질렀다는 것을 확인한 아이처럼 약간은 기가 죽어 대꾸했다.

"왜 소릴 지르고 난리야. 왜? 어차피 그 결혼식 가면 다 만나는데, 이미 다 아는 사실 아냐?"

"수현 엄마는 모르는 얘기야."

남편은 내가 앞에 있다는 것은 아랑곳하지 않고 자기 누나만 상대하고 있었다. 남편에게 나는 투명 인간임을 다시 한번 확인하는 순간이었다.

"뭐? 수현 엄마가 여태 몰라? 너하고 서경이 사이를?"

남편이 투명인간 취급하는 아내를 시댁 사람들이 존중해줄 리 없다. 만고불변의 진리이다. 그들은 자기들이 먹고 남긴 접시를 치우느라 식탁 옆에 서 있는 나를 두고 핑퐁 게임을 하다가 한 게임 끝나고 이제야 겨우 나를 발견한 듯 자기들의 게임으로 끌어들였다.

"이봐, 수현 엄마, 니들 십 년, 십 년 넘었지? 어머, 정말 그러네? 올해 수현이 나이가 열일곱 살이면, 그러니까, 벌써 너희들 결혼한 지 십팔 년째 아냐? 이쯤 됐으면 말해도 되지, 뭘 그래?"

"아이, 참, 누나의 설화가 또 시작되는군. 누나는 그놈의 입이 방정이야, 입이."

"뭐? 너야말로 맨날 뭘 써 대가지고 신문이며, 학보지에 내다가 필화로 고생하잖냐? 거기에 비하면 난 있는 사실 말고는 말 안 한다. 진실 마다할 사람이 어디 있냐?"

벌떡 일어난 남편은 시댁 식당의 커다란 식탁을 따라 빙 돌아나가, 아치형 입구를 지나 연결된 통로로, 빨간 카펫이 깔린 거실의 벽난로 앞, 물소가죽 소파 위로 가버렸다. 고모는 목소리를 높여가며 말을 걸었지만 남편의 대꾸는 돌아오지 않는다.

"관둬라. 난 진실의 수호자다. 어차피 알아야 될 거, 수현 엄마가 궁금하기만 하다면 난 다 얘기해줄 거야."

남편은 나를 두고 혼자 거실로 갔다. 이제 고모 앞에 남겨진 나마저 자리를 뜬다면 고모의 진실은 어쩌면 영영 묻힐지도 모른다.

"여기 앉을까요?"

내 말에 고모는 솟아 나오려는 진실의 샘을 막지 않아도 된다는 기쁨을 느끼며 얼른 자기 옆의 의자를 빼주었다. 들고 있던 고급 접시들을 깨지 않도록 12인용 검은 대리석 식탁 위에 다시 내려놓고 나는 고모가 시키는 대로 바짝 다가앉았다.

"솔직히 올케랑 나랑 이렇게 내밀한 얘기를 할 기회가 있었어야 말이지, 우리가 그렇잖아, 마음이 없어서가 아니라, 아무래도 서로 바쁘기도 하고, 또 대화가 통하려면 뭔가 공통점이 있어야 하는데… 그래서 그렇게 된 거니까 일부러 속였다거나 뭐 그렇게는 생각하지 마."

서론. 별로 도움 안 되는 사족이 머리에 붙었다.

"네, 뭐든 하시고 싶은 말씀 다 하세요."

이때로 돌아가 그냥 아까 들은 고모의 말을 무시했었다면 어땠을까? 그래서 아무것도 몰랐다면, 그랬다면 지금쯤 뭔가 달라졌을까?

"난 또 민규가 서경이 잊으려고 잠깐 만났다가 실수라도 해서, 여차저차 결혼까지 간 걸 줄 알았거든. 수현이도 바로 다음 해에 낳았잖아?"

내 얘긴가? 나를 말하는 건가?

"저희 결혼은 5월이고, 수현이는 그다음 해 3월에 낳았어요."

짚어야 할 건 짚고 가자. 진실이 중요하다고 하셨으니까.

"아, 몰라, 몰라, 요즘은 그런 거 안 중요해. 옛날에나 칠삭둥이, 팔삭둥이가 흉이 됐지. 지금은 두 달, 석 달 만에도 잘만 낳더구만."

고무줄 기준. 자기들이 필요한 대로 늘렸다 줄였다 할 수 있다.

"난 솔직히 너희 결혼식장에서 우리 사촌들이랑 내기했었어. 그때 내가 꽤 잃었지, 아마? 한 이 백? 아니다, 이백삼십 만원. 난 올케 삼 년 안에 이혼당할 거라고 걸었거든. 여자가 맛을 모르면 길어야 삼 년이니까 적당히 데리고 있다가 정리할 거라고."

'여자가 맛을 알면 안 돼.'

신혼 첫날 밤 남편이 내 귀에 속삭였던, 지금껏 이해하지 못하고 묻어두었던, 이런 일이 아니었다면 결코 평생 꺼낼 필요도 없었을, 하찮고 비루하고 더러운 선언.

그것은 마치 언제인지 기억에도 없는 저 옛날, 먼저 죽은 태 덩어리 자식의 썩어 뭉그러진 시체를, 일부러 뒤적일 필요도 없었지만 마침 뿜어져 나온 시커먼 물웅덩이에서 둥실 떠오른 그 덩어리를 발견하고는, 과연 죽은 내 자식이 맞는지, 어차피 이리된 거 확인이라도 해보자는 정신 나간 그의 부모가 구태여 그 진창에서 썩은 고깃덩어리를 끄집어내는 그런 기분이었다. 그 순간 나는 정신이 반쯤 나간 채 고모를 똑바로 쳐다보았다.

132

"그 말씀… 고모가 한 말이에요? 여자는 맛을 알면 안 된다고?"

"뭐, 결혼식 전날 내가 하긴 했지만, 민규가 너 데리고 산 세월을 봐라. 쟤가 은근히 일편단심 민들레라니까."

아가야, 발가락이 닮았구나. 거기서 나온 거였어? 그런 거였어?

"그래도 순서라는 게 있잖아. 옛날 어른들 세컨드 여럿 두었을 때도 순서는 지켰다더라. 혹시 서경이 큰딸하고 수현이하고 배다른 남매일지도 모르니까 그렇게 되면 서경이랑 민규가 짝이 되는 게 맞지 않겠니? 올케야 갑자기 나타났으니 민규랑 어느 정도인지 우리가 알 수도 없는 거고."

이제 고모는 남편처럼 보였다. 아니 남편이 고모였던 건가?

"너희 결혼생활만 길어지지 않으면 재산 분할도 쉬울 거고. 서경이도 시집간 그 집에서 한 몫 떼 가지고 나오면 예전보다는 형편이 나은 거니까."

고모의 진실은 집요했다. 한 번 풀기 시작한 실타래를 다 풀어놓을 때까지는 멈추지 않을 것이 분명했다.

"솔직히 서경이가 가난해서 우리가 꺼린 건 아니야. 수준 차이는 있었어도, 같은 동네에서 두 집안이 오랜 알던 사인데 서영이만 아니었으면 서경이하고 민규가 맺어졌을지도 모르지."

무슨 소린지 전혀 이해를 못 하고 있는 내 표정을 읽은 고모가 웃음을 터뜨렸다. 남의 얘기하기를 좋아하는 사람다운 가벼운 호탕함.

"근데 정말 민규가 아무 말 안 한 거야? 걔 정말 웃기네… 세상에! 가장 가까운 부부 사이에 어떻게 그렇게 큰 비밀을 둔 거야?"

이런 사람들은 마지막 클라이맥스를 어떻게 던져야 이야기가 흥미진진해지는지 알고 있을 뿐만 아니라 그 자체를 즐기기도 한다.

"올케, 정말 모르고 있었어? 최서경이 친언니가 최서영이야. 알지? 둘째 오빠가 버린 여자."

둘째 아주버님은 이 집안의 대표 망나니다. 지금 세 번째 이혼 수속 중이고, 네 번째 여자는 두 번째 아이를 가졌다. 젊은 시절 한 순진한 여자와 결혼하겠다고 만나고는 했는데, 일요일 오전 온 가족이 예배를 드리러 간 사이 아무도 없는 집에 몰래 들어온 그 여자가 집 안방 문설주에 목을 매고 죽었다고 했다. 임신 5개월의 처녀로만 알고 있던 그녀의 이름이 바로 최서영.

"서영이가 그렇게 죽고, 마음의 빚 때문에 우리 부모님이 서경이 입양해 미국에 보내준 거야. 워낙 가난하던 집에서 큰 딸이 몸 망쳐, 결국 그따위로 죽었으니 앞으로 별 볼 일 없는 작은 딸 혼삿길이라도 트이라고 부잣집에 묻어 보낸 거지. 근데 뭐 다 큰 여자를 입양이랄 게 있어? 쉽게 서류상 처리했어. 가족 이민으로 처리해서 미국에 보내주고, 살게 좀 도와줬더니 알아서 시집 잘 가더군. 그 둘 연결시키는 데 민규가 일 많이 했다고 들었어. 남편이 제법 큰 부자라며? 역전도 그 정도 인생 역전이면 드라마지 뭐야?"

그렇게 드라마가 하나 써졌었군. 다만 앞부분 대본을 조금 고쳐야겠다. 마음의 빚이라고? 주변의 시선이 아니고?

"그런데 처음에 말씀하신 최서경 씨 큰딸과 수현이 얘기는 뭐에요?"

이제 더 이상은 최서경 학생으로 부를 수가 없다.

"아니, 그냥, 둘이 같이 이민 유학 보내고 그랬으니까, 아무리 서류상 남매라지만 친남매도 아닌데, 어릴 때부터 알던 둘이 외지에서 같이 지내고, 붙어 다녔다면 좀 의심도 하고 그럴 수 있잖아?"

"그럼 서경 씨가, 그러니까… 저 사람 동생인 건가요?"

"뭐 동생이랄 것도 없어. 걔 시집가고 우리 집하고는 바로 거래 끊은 셈이니까. 남편이 혼수도 안 받았고, 결혼식 준비는 걔네 본 가족들이 다 했어. 막상 그런 남자 잡으니까 우리 집안은 딱 자르는 거지. 걔가 민규랑 동갑이지, 아마? 둘이 그림자 같았어. 밤낮 붙어 다녔지. 한동안 서경이가 민규를 좋아한다고 생각했었지. 하지만 언니가 그렇게 죽었다는 기억은 없어지지 않았겠지. 하긴 둘째 오빠가 얼마나 원망스러울 텐데 아무리 그래도 이 집 며느리 노릇은 못 하지. 일찍부터 신분 상승하겠다는 야망 하나는 확실해서, 양쪽 부모들이 제안할 때 넙죽 입양 들어온 것만 해도, 그년도 참 앙큼스러운 년임에는 틀림없지."

앙큼스러운 년…

'만일 받지 않으시면, 그 목걸이는 이 박사님이 최서경 학생에게 전달한 선물이 됩니다. 내용은 이하동문으로. 알고 계실 겁니다. 아내는 제 부탁을 거절하기보다는 학교를 포기할 거라는 거.'

앙큼스러운 년…

'글쎄 최서경 학생이 새 차를 뽑아야만 했나 봐. 사업상 그렇게 되었다네. 그런데 마침 지난해 새로 산 차를 그냥 세워둘 수가 없다고 내게 받겠냐고 해서, 나도 차는 있다고 했더니 사모님이 타시면 어떻겠냐고…'

앙큼스러운 년, 그녀의 과거와 현재를 공유한 두 남자, 그리고 나.

그렇다면, 이건 덫이다.

"고모 말씀 잘 들었어요. 그런데 제 생각에 그 집 딸과 수현이는 아무 상관없는 것 같네요. 수현이가 아직 사춘기니까 괜한 오해는 생기지 않았으면 좋겠어요."

자리에서 일어서려는데 기립성 저혈압처럼 어지럼증이 몰려왔다. 고모가 눈치 채지 못하도록 식탁 모서리를 두 손으로 누르며 버티고 섰다.

"글쎄 뭐 나야, 모든 건 결국 알려질 테고, 세상에 비밀이란 건 없으니까."

이번엔 세상 모두가 우리의 만남을 알고 있다고 말하는 것처럼 느껴졌다. 여기엔 무언가가 숨겨져 있어. 세상에 비밀이란 건 없다. 결국은 다 알려질 거야.

머릿속에서 경고음이 울렸다. 미친 듯 울려대는 사이렌 소리. 헤어져야 한다. 이 만남을 중지해야 해. Stop!

제3장 flee [fliː] or flea [fliː]

[수동태로는 안 씀] ~(from) sb/sth ~(to/into)

달아나다, 도망하다

또는 (or) 벼룩

9. 연인의 비밀

띠링.

 사흘을 굶다가 피가 뚝뚝 떨어지는 생고기로 게걸스레 달려드는 도사견처럼 맹렬하게 집어 든 휴대전화에 새겨진 한 줄의 문자를 동그란 눈으로 한숨에 삼킨다.

 '*보고 싶어요. 내일 1시.*'

 이 격렬한 끌어당김이 그 사람을 향한 것인지, 그 사람과의 이별을 향한 것인지 혼란스러웠지만 그 어떤 것이든 '그 사람'과 관계된 것이라는 명백한 사실 하나만을 붙들고 나는 내일 1시까지 지속될 기다림에 온몸의 세포가 떨리는 것을 여전히 만끽했다. 짜릿했다. 이것은 이별이 내게 현실적이지 않음을 깨닫게 했다. 이별이라는 요소는 두 달 만의 만남을 특별하게 만들어줄 이벤트일 뿐이라고 스스로도 알고 있음을 부정할 수 없었다. 그랬다. 이별은 변명이었다. 나는 우리의 임시적인 만남을 영원한 관계로 고정하고 싶었다. 모두가 알 수 있는, 차라리 모두가 알아야 하는 관계로 바꾸고 싶었다.

 비밀이란 건 없어! 십팔 년이라는 시간이 필요하긴 했지만 내가 서경 씨와 남편의 이야기를 알게 된 것처럼 나와 그 사람의 일도 결국은 모두가 알게 될 거야.

 그래, 나는 내일 최고의 아름다움을 뽐내리라. 내가 이별을 말할 때 그가 내 발밑에 엎드려 빌게 하리라. 나는 이별을 말할 테지만 그는 영원을 맹세하게 하리라. 잡았다 놓아주는 낚시꾼 같은 이 놀이를 끝낼 거야. 사냥꾼인 그의 마지막 방아쇠가 내 심장을 뚫게 하리라. 그리하여 드디어 그의 박제가 되리라. 그가 기꺼이 나를 죽여주기를, 나를 파괴하기를 간절히 바랐다. 정후 씨, 나를 데려가요, 이 이야기를 끝내줘요, 제발.

은회색의 캐시미어 터틀넥을 입은 그 사람이 문을 열었다. 혹시라도 코트의 단추가 열리지 않도록 앞섶을 꼭 쥐고 있던 나는 발목까지 내려오는 길고 검은 울 코트 안에 크림색 레이스로 된 브래지어와 팬티만 입고, 그 위에 빨간 캐미솔 원피스를 걸친 것이 전부였다. 원피스 자락이 끝나는 부분에 밴드 스타킹을 잡아주는 검은 가터벨트를 생전 처음 매어 본 나는 허벅지를 조이는 그 생소한 느낌에 한껏 흥분되어 있었다.

나의 눈빛이 평상시와 다른 것을 알아차렸지만 그는 표정의 변화 없이 내게 길을 열어주었다. 그리고 아무 말 없이 내 등 뒤에서 문을 닫았다. 어느새 길어져 말아 올린 머리카락은 그의 손가락이 찾아낸 핀을 뽑아내자 내 어깨 위로 쏟아졌다. 그의 얼굴이 나의 목덜미로 다가와 향을 맡기 시작했다. 그의 호흡이 뒤 목덜미를 타고 두터운 코트 속으로 스며드는 것을 느끼는 순간 코트 자락을 쥐고 있던 내 손에서 힘이 빠져나갔다. 나는 코트 단추를 하나씩 풀기 시작했다. 등 뒤에서 그의 팔이 나를 안으며 단추 푸는 것을 도왔다. 하얀 어깨를 드러내며 코트가 바닥으로 떨어졌을 때도 그는 놀라지 않고 내 어깨에 입을 맞추고 있었다.

"Happy New Year."

눈을 감고 내 오른쪽 어깨에서 속삭이는 그의 목소리가 내 눈도 감겼다. 그의 달콤함에 오늘 준비한 이 도전적인 의상이 목표로 했던 충격과 파격은 한낱 사랑스러운 애교가 되어버렸다.

"사랑스러워."

그의 입술이 내 귀에 대고 속삭였다.

"가터벨트를 입은 당신을 상상해보긴 했지만, 이렇게 보게 될 줄은 몰랐어. 기대 이상이야. 당신 정말 아름다워."

그의 팔이 나의 허리를 두르고 긴 입맞춤으로 두 달 동안의 갈증을 채우는 동안 나의 무기들은 산산이 분해되었다. 그리고 모든 미움과 분노, 불안과 의심도 눈 녹듯이 녹아버렸다. 그의 예술에 거짓은 없었다.

하지만 이렇게 그냥 넘어갈 수 있는 일이 아니잖아.

죽기보다 싫었지만 고모의 얼굴을 떠올려야 했다. 서경 씨와 남편을 의식 속에 불러내야 했다. 수현이와 이 사람의 큰딸이 배다른 남매일 수도 있다고 주변에서 쑥덕거릴 지경이었다는 걸 굳이 생각해내야 했다.

그가 나를 침대에 눕히고 검은 스타킹 한쪽을 벗긴 상황이었다.

"나, 알고 있어요."

침입자의 정체를 파악하느라 그의 손이 잠시 굳었다. 내가 전달한 의미를 이해하고서 그는 동작을 멈추고 침대 발치에서 기울였던 몸을 일으켜 누워있는 내 상체 가까이 다가와 다시 앉았다.

"헤어져요, 우리."

무엇을 알고 있느냐고 묻지 않는 그에게 다짜고짜 결론부터 내놓았다. 문제도 듣지 못하고 답부터 들은 아이처럼 어리둥절해 할 줄 알았지만 그는 역시 노련했다. 알 수 없는 미소마저 보이면서 그는 내 눈을 또렷이 들여다보았다.

"오늘인가, 그날이? 이나와의 마지막 만남?"

사형선고. 내가 재판관인 줄 알았는데, 언제 자리가 바뀌어있었지? 피고인석에서 나는 안절부절못하고 있었다. 그의 검은 눈동자가 흔들리는 나의 눈동자를 꼭 잡고 놓아주려 하지 않았다.

"내 예상보다 빠른데? 뭔가… 조금 섭섭하군…"

섭섭하다고? 지금 사형선고를 받은 내 앞에서 우리의 생이 이렇게 끝이 나서 섭섭하다고 말하고 있는 건가?

눈물이 흐를 것 같아 얼른 고개를 돌렸다. 한동안 어떤 말도 하지 않겠다는 듯 그는 아무 움직임도 없었다. 이제 내가 무엇을 알고 있는지 말해야 할 차례였다. 사라진 줄로만 알았던 그 소녀가, 조금은 자랐다고 점잔 빼 보이고 싶어 하는 그 소녀가 용기 내지 못하는 나를 밀치고 목소리를 높인다.

"이건, 이 만남은 서경 씨와 당신의 작품인 거죠? 복수극이에요. 최서경의 죽은 언니 최서영의 복수. 나를 이용해서 내 남편을 망하게 하려는 거야. 그게 아니면, 아니, 아니야, 당신은 서영 씨와 남편의 관계 때문에 이렇게 해서 복수하려는 거예요."

순간 한 번도 본 적 없는 표정이 그의 얼굴을 지나갔다. 마치 나를 처음 보는 사람이라고 깜짝 놀라는 그 표정에 나도 그를 처음 보는 것 같아 당혹스러워졌다. 탄식 같은 그의 음성은 갑작스러운 화를 애써 억누르는 중이다.

"겨우 그거였어? 그 낡아빠진 스토리! 아침 드라마로도 지루해!"

이 사람도 아침 드라마를 알까? 본 적은 있는 걸까? 소녀가 나직이 내게 묻는다. 글쎄, 나도 모르지만 서경 씨와 남편, 그리고 우리가 얽힌 이 이야기는 아침 드라마로도 못 쓴다는군.

자기 앞에서 내가 내 속 소녀의 수순으로 내려가 그녀와 생각을 주고받고 있다는 것을 알았는지 나를 흔들어 깨우기 위해 그는 안간힘을 쓰고 있었다. 그의 표정은 다시 돌아와 좀 전까지 나를 바라보던 간절한 구애자가 되었다.

"그럴까? 이나, 정말 그렇게 생각해?"

소녀는 말없이 내 등 뒤로 숨었다.

"이봐, 잘 생각해봐. 당신과 나, 우리의 만남으로 누가 손해를 본 적이 있어? 당신 마음은 닥터 리에게서 이미 떠나있었어. 당신마저 잊고 있던, 당신 자신이 진정으로 무엇을 원하는지 알게 해준 내게 오히려 고마워해야 하는 거 아냐?"

그가 옳다. 여자가 되어보지도 못하고 철없는 앳된 소녀로 남아, 긴 세월 사회에서 써보겠다고 준비해오던 모든 학업을 고급 가정부 직에 걸고, 나 아닌 내 주변의 모든 이들을 위해 의견 없이 지내온 십칠 년보다, 지난 한 해 나는 내 욕망을, 내 소망을, 내 기쁨을, 그리고 내 가능성을 찾았다. 나는 두려움과 싸워 이겼고, 거짓 없이 원하는 것을 알아차리고 얻으려고 조금씩 용기 내어 행동할 수 있게 되었다. 나는 욕망하고 아름다워졌다. 나는 나를 찾아가고 있었다.

아직 벌거벗은 임금님을 퇴위시키진 못했지만 그가 벌거벗었다는 것을 나도 알고 있다고 그에게 또렷이 말해 줄 수 있게 되었다. 임금님은 조금 부끄러워하는 중이다. 결코 옷을 입으려 하지는 않겠지만. 사실 임금님이 입을만한 옷이 남아있는지 모르겠다. 재단사들이 임금님에게 최고의 옷을 지어드린다며 다른 옷은 모두 버리시고 자신들이 만드는 옷만 입으시라고 권하는 바람에 임금님의 옷장은 모두 그들이 만들었다는 옷들로 가득하다. 거짓말, 기만, 위선, 속임수, 종교제도, 탈세, 학교제도, 결혼제도, 선후배 관계, 법 제도, 위계질서, 경쟁, 자본주의, 황금만능주의, 돈, 돈, 돈… 이 모든 것이 돈이면 다 되게 해주는 물질만능주의.

하지만 내 안의 소녀는 이 남자도 다르지 않다고 손가락질하며 내게 말하게 한다.

"하지만 결국 당신도 돈으로 나를 산 거잖아!"

그의 눈빛에서 슬픔을 보았다고 생각하자 소녀가 어디론가 숨었다. 소녀가 시킨 말에 당황하던 나도 그의 슬픈 눈빛이 소녀를 쫓아버렸다는 것을 인정하지 않을 수 없었다. 이어지는 그의 목소리도 서글프게 들렸다.

"돈이 편리하긴 했지. 복잡한 여러 단계를 단순하게 해주거든."

더 설명하지 않아도 알 수 있었다. 그를 만나러 올 수 있도록 준비한 자동차, 평생 만져볼 일 없을 것 같았던 가터벨트 따위를 자유롭게 쇼핑할 수 있게 했던 카드, 미리 예약한 라운지의 특별석, 우리의 만남이 진행된 이 완벽한 방, 그리고 여기에서 우리의 이야기들이 계속 이어지게 했던 여러 가지 선물들.

"인정해. 보통 사람들은 돈이 없어서 자신들의 환상을 쫓기를 포기하지. 돈 없는 이들이 손쉽게 환상을 채울 길은 고작 해봐야 포르노 문화 정도야."

"우린 뭐가 달라요?"

모습은 사라졌지만 소녀의 목소리가 어딘가 남아서 묻는다. 곧 바보가 될 것을 알면서도 묻는 어리석은 질문.

"글쎄, 뭐가 다를까? 당신은 살아났고, 나는 아름다움을 얻었지. 나 역시도 당신의 아름다움에 살아있음을 느꼈으니 우리 둘 다 살아있음을 느끼고, 살아있다는 것이 행복했잖아. 적어도 나는 즐거웠어."

그랬다. 사십오 년의 생애 동안 살아있음이 행복했던 건 사랑받고 있는 나를 사랑하는 시간뿐이었다. 이제 내 안에 사랑을 모르는 그 소녀는 더 이상 존재할 수 없었다.

소녀가 사라졌다는 것을 그도 알아차린 듯했다. 그는 내 손을 잡고 내가 몸을 일으켜 침대 위에 앉는 것을 도왔다. 이불을 끌어와 가볍게 떨고 있는 내 몸을 덮어주는 것도 잊지 않았다.

"이나, 우리가 처음 이 방에서 만났을 때 내게 왜 이런 일을 하느냐고 물었었지? 사람은 경쟁 속에서 선택을 받아 태어나. 아버지의 몸을 떠나 어머니의 몸에서 함께 경쟁하던 이, 삼억 이상의 형제들 중 내가 선택된 건 내 의지가 아니었다고 할 수 있지. 하지만 이 세상에서 사는 동안은 내 선택들과 노력들에 의해 얻어진 것들로 살아가게 되지.

대부분은 재력과 권력을 탐해. 물론 재력과 권력도 노력만으로는 얻어

144

지지 않아. 타고난 사람들이 있지. 일종의 행운이랄까? 나도 그랬어.

하지만 그런 행운이 행복은 아니더라고. 뭐가 문제일까 한동안은 고민했어. 결혼을 하면 좀 나아질까 싶었지. 두 달 만에 아니라는 걸 알았지만 쉽게 무를 수도 없는 제도라는 거, 기가 막히더군.

그래서 알았어. 아, 이 제도를 피한다고 해결되는 문제가 아니군. 이 제도 자체의 모순을 직면해야겠다. 그러면서 내 눈에 보이기 시작한 거야. 당신 같은 여자들. 자신이 누구인지, 무엇을 원하는지, 무엇일 수 있는지 알아차리지도 못하고 자신에게 주어진 시간이라는 소중한 선물을 그 생명이 다할 때까지 낭비하고 있는 여성들.

물론 나도 처음엔 내 아내에게만 집중해보려고 무던히도 애를 써봤지. 하지만 아내는 내 사랑에 응답하기보다 자기가 찾은 답 속으로 쉽게 달아나더군. 종교 말이야. 내 아내가 종교에 깊이 빠진 이후 나는 아내에게 구구절절 설명할 필요가 없었어. 아내가 원하는 것만 해주면 제도 안에서 남편으로서의 의무를 다하게 된다는 걸 알고 나서는 양심에 걸릴 일도 없었지. 그리고 아내는 내게 사랑 아닌 다른 것을 원했지. 재력, 명예, 사회적 안전망."

우리는 첫 번째 규칙을 깨고 있었다. 그의 이야기는 이어졌다.

"내가 좀 별종인 건 인정해요. 재력을 더 키우거나 권력을 더 키우거나 해서 대대손손 물려주는 것이 이 자본주의 사회에 걸맞았겠지?

하지만 나는 사랑이 궁금했어. 모든 예술의 주제, 많은 사람들을 울리기도 하고, 행복하게도 하는, 그 때문에 죽기도 하고, 죽을 것 같다가도 살아나게 하는 힘이잖아. 아니, 무엇보다도 내 존재 생성의 원리인데, 도대체 이 사랑이란 건 뭘까?

많은 사람들이 이 사랑을 에로스로 축소해서 욕망이나 욕정으로 가둬놓고, 몇 분짜리 동작으로 규정화하는 동안 아가페니, 필레오니 하면서 권력들이 만든 가짜 사랑들이 사랑이라고 불리는 걸 보고 역겨웠어. 권력 중에 내가 인정하는 유일한 권력은 르네상스를 일으킨 메디치스 가문의 권력뿐이에요. 예술을 죽이는 모든 권력들은 저주를 받을지어다!

흔한 성서 구절을 빌려서 표현하자면, 재력과 권력과 그리고 사랑, 그중에 가장 예술적일 수 있는 것은 내게 사랑이라고나 할까?"

어느새 그의 연설을 듣는 즐거움에 빠져있던 나는 그의 마지막 문장 표현에 크게 고개를 끄덕이며 그와 눈을 맞추고 있었다. 그 눈이 반짝이며 돌아온 나를 환영했다.

"이나, 나는 사랑으로 깨어난 여성들을 보면 얼마나 행복한지 몰라. 결국 자신들의 자리로 돌아가더라도 그들은 이미 달라져 있었어. 때로 그녀들은 자기 남편을 깨우기도 하고, 자신의 가능성을 깨워 홀로 세상으로 나가기도 해.

난 믿고 있어. 내가 하는 일이 예술이라는 걸. 물론 그들의 남편이 결혼이라는 제도권 안에서 했어야 하는 일인데, 안타깝게도 그들의 재화가 내게 몰려 있는 바람에, 그래, 당신 말대로 굳이 나에게도 이것이 돈을 가지고 한 짓이라고 따진다면, 내가 그들을 좀 도와준 것인지도 모르지."

이 빌어먹을 세상이 이따위로 엉망진창으로 생겼는데, 그 안에서 뒹구는 우리가 엉망진창으로 엉킨 것을 누가 뭐라고 탓한단 말인가? 우리가 신은 아니잖은가? 유일하게 우리가 신이었던 순간, 반쪽짜리 피조물들이 하나가 되어 신을 이기려 했을 때, 그때 오히려 이 진창 속에서도 그는 사랑을 외쳤다. 그리고 그의 사랑은 여성들의 남은 삶을 예술로 일깨웠다. 그는 무죄다.

"가끔은 진실이라도 확인하지 않는 편이 더 낫다는 것을 알았어요. 서경 씨와 시댁의 일을 듣고 나서야 알았지만, 이미 알고 나서는 나 혼자서 감당하기가 힘들었어요."

사과는 아니었다. 이별을 번복도 할 수 없었다. 내가 말할 수 있는 것은 그저 사실이었다. 지금 내가 놓여있는 현실이었다.

그의 얼굴이 다가왔다. 나는 눈을 감고 그의 입술이 가볍게 내 입술을 누르는 것을 느꼈다. 안도감이 몰려왔다. 이제는 내게 익숙한 그의 웃음기에 젖은 목소리가 내 입술 위에서 향긋한 입김을 뿜으며 속삭였다.

"그것이 오늘 당신 의상 컨셉의 비밀이었군. 화끈한 이별 공식. 하지만 이나, 지금은 아니야, My sweety."

그의 입술이 시키는 대로 나는 입술을 열어 그를 맞이했다. 우리는 긴 호흡을 주고받았다. 여전히 내 입술 위에서 그는 속삭였다.

"원해?"

목적어는 필요 없었다. 그것은 이미 하나의 세계 전체였으니까. 고개를 끄덕이는 내게 그는 다시 한번 같은 속삭임으로 물었다.

"원해?"

"원해요."

그가 기다리는 대로 나도 그의 입술 아래에서 속삭이며 대답했다. 입맞춤이 이어졌다. 촉촉하고 끈적끈적한 소리가 끊임없이 고막에 울렸다.

"당신, 맛있어."

그의 속삭임에 나는 노랗게 익은 망고가 되었다.

"망고?"

"좀 더 달콤한 걸로."

이번에는 하얗게 출렁이고 있었다.

"나는 크림이에요."

"음, 맛있어."

그의 그림자가 나를 덮었다.

"난, 아, 녹고 있는 초콜릿이야."

"So sweet, 달콤해, 맛있어."

그의 입술과 내 피부의 마찰음이 이어졌고, 간간히 그가 숨을 들이쉬는 소리가 일정하게 밀려오는 파도처럼 나를 밀어댔다.

"I love you."

그의 속삭임이 내 배 위에서부터 귀까지 천천히 기어 올라왔다. 고막에 닿은 그 말을 뇌가 번역하는 속도는 더 빨랐다.

"그 말은 금지어예요."

"똑똑한 여성은 언제나 존중받을 만하지. 조금만 더 머리를 써봐, Honey pot, I love you. 내게 꿀을 더 줘. 더 필요해."

꿀단지가 되어 꿀을 쏟으면서 한 편으로는 머리를 굴렸다.

오, 저런, 영어라 이거군… 그는 '사랑한다'고 하지 않았다. 트릭을 쓰는 건가? 두 번째 규칙으로 장난을 쳐보시겠다? 하지만 그의 목소리에 장난기는 없었다.

"더 줘. 배고파. 더 먹고 싶어."

그가 벗겨낸 빨간 캐미솔 원피스가 침대 아래로 떨어지는 것을 보면서 나는 껍질이 벗겨져 빨간 피를 뚝뚝 흘리는 촉촉한 체리가 되었다.

"아, 멈추지 말아요."

"계속 말해봐. 뭐라고? 여기서 그만두라고?"

"아뇨, 안 돼요."

"그럼 계속하라고 말해줘."

"계속해. 계속해요."

흡혈귀가 피를 빨고 있었다.

"I love you. I love you. 이나, 난 이제껏 당신을 찾아다녔어. I love you, My princess. I love you. I love you…"

그는 내 몸에 입술을 대고 낮게 속삭이며 세 단어의 배열을 계속 반복하고 있었다. 마법의 주문을 배우려는 호그와트의 학생처럼 나는 그 단어들의 배열을 따라갔다.

"I lo…"

하지만 나는 주문을 완성할 수 없었다. 나는 닳아 없어지고 있었다.

마른 스펀지가 물을 빨아들이듯이, 나는 빨려 들어갔다. 나를 집어삼킨 그의 영혼과 그를 집어삼킨 나의 영혼이 태양 주위를 도는 지구처럼, 지구 주위를 도는 달처럼, 그렇게 서로가 하나인 듯 돌고 또 돌았다. 우리의 신음은 지구의 자전 소리가 되어 우주에서만 들을 수 있게 저 하늘로 날아갔다.

거친 호흡 사이에 그 낮은 음성이 다시 들렸다.

"I adore you, My goddess."

피곤함에 쉰 듯한 그의 목소리가 갈라져 나왔다. 그의 입술은 뜨거웠다. 심장의 모든 피가 몰려드는 것처럼 벌떡이는 그 입술은 나의 깊은 곳에 도달했다.

"I want everything about you… I like kissing you…"

이 승리한 장군에게 어떠한 거부감도 없이 성문은 활짝 열렸다.

"Let me be inside you all day."

피부와 입술의 마찰음. 간간히 들리는 두 개의 떨리는 호흡.

그가 탐닉하고 있는 내 몸이 빛나고 있었다. 나는 별이 되었다.

"You mine…"

어쩌면 그는 첫 번째 규칙을 깼던 것인지도 모른다. 내가 아닌 그의 이야기가 쏟아진 그 순간 우리의 첫 번째 규칙은 깨졌던 게 아닐까?

만약 그가 영어가 아닌 한국말로 '사랑한다'고 했더라면 어떻게 됐을까? 그것은 두 번째 규칙을 깨게 되는 것이었을까? 그는 규칙 중 하나라도 깨면 우리가 서로 만나던 시기 이전의 상태로 돌아간다고 했다. 규칙이 깨지면 모든 것은 원점으로 돌아간다고. 그러나 우리에게 돌아갈 원점이란 건 없다는 것을 그도, 나도 너무나 잘 알고 있었다.

만약 그렇게 규칙들이 깨졌던 거라면 굳이 세 번째 규칙이라고 해서 지켜져야 할 필요가 있을까? 내가 먼저 이별을 말하기로 한 세 번째 규칙. 실제로 내가 먼저 이별을 말하긴 했지만, 그리고 그 이별을 다시 번복하지는 않았지만, 그래도 그날 헤어지면서 나는 이별을 의식하지 않았다. 어쩌면 다시 입 밖에 꺼내는 것조차 두려웠는지 모른다.

그러나 나는 그것이 시작되었다는 것을 받아들여야 했다. 이후로 그에게서는 어떠한 연락도 없었다. 분명 내가 먼저 고한 이별인데 나는 그에게 버림받았다는, 내 온몸을 거미처럼 기어 다니는 그 느낌을 쫓아버릴 수가 없었다. 마치 미아방지 목걸이처럼 그날 이후 나는 목걸이를 벗어놓지 못했다.

10. 망치고 싶은, 망가지지 않는

계절이 지나가고 있었다.

작년 6월 그의 품에 안겨서 듣던 음악들이 생각났다. 그렇지만 다시 찾아 들을 자신은 없었다. 너무 아플 것 같다는 추상적인 표현이 아니라 실제로 심장이 터져버릴 것이었기에. 죽고 싶다고 그렇게도 소원했던 순간들을 생각하면 그렇게 죽어버리면 되지 않을까 싶기도 했지만 정작 그 사람을 생각하면 그 어떠한 죽음도 철저히 거부하고 싶었다. 그가 함께한다면 나는 죽을 수가 없었으니까. 너무나 살고 싶었으니까. 그와 함께라면.

나는 그야말로 불나방이었다. 나를 망가뜨릴 수만 있다면 그게 누구라도 좋다고 생각했다. 하지만 나는 결코 망가질 수 없었다. 내 안에 이미 자리 잡은 그의 음성이 언제나 내게 속삭이고 있었다.

'이봐, Sweety, 멋지게 굴어요. 좀 더 세련되게 행동할 수 있잖아. Be decent! 이나는 자신이 생각하는 것보다 훨씬 근사한 여자야.'

사 개월간, 밤에 혼자 찾아다니기 시작한 와인 바의 사장과는 말을 놓는 사이가 되었다. 손님이 없는 어느 한 날 나는 그와 입을 맞출 뻔했지만 그런 일은 벌어지지 않았다. 쓰러지고 싶었지만 어느새 내 중심에는 단단한 기둥이 세워져 있었다.

나는 망치고 싶었지만 그것은 망가지지 않았다. 이미 나는 나 자신이었다. 무엇보다 나는 나를 사랑하고 있었다. 나는 너무나 소중했다. 소중한 나. 그래, 소중한 나.

하지만 아직은 알코올이 좀 더 필요했다.

어느 순간부터 와인 바가 열리는 시간을 기다릴 수가 없었다. 낮부터 술을 마시기 위해 마트에서 박스 채 술을 사기 시작했다.

술에 절여져 있다는 표현은 정말 기가 막힌 표현이다. 숨을 내쉴 때마다 소독약 냄새가 났다. 나의 폐, 내 심장이 담금주에 절인 과일처럼 절여져 내가 있는 곳마다 소독약 냄새가 났다. 상처를 찾을 수가 없어 아예 통째로 절여버리기로 한 듯이 내 온몸에서 소독약 냄새가 났다.

취한 채 우는 일이 많아졌다. 자다가 깨도 눈물이 흘렀다. 아무도 내게 왜 우느냐고 묻지 않았다. 남편은 옆 침대에서 코를 골았고 그 소리에 맞춰 나는 소리 내어 엉엉 울어댔다. 잠이 들지 않았어도 남편은 내게 와서 왜 우느냐고 묻지 않았다. 이어폰을 꽂고 전화기를 보고 있다가 내 울음소리 때문에 방해가 되는지 일어나 서재로 가버리는 일도 있었다. 괜찮았다. 어차피 남편을 부르기 위해 울었던 것은 아니니까. 아니, 남편은 내 울음소리에 응답하지 않겠다고 분명한 자기 의견을 표현한 것뿐이니까. 나는 항상 남편의 의견을 존중해왔다.

이 상황에서 남편이 할 수 있는 최대한의 대처는 장모님에게 도움을 청하는 일이었을 것이다. 언제나 이용만 당하는 친정엄마.

'어이구, 집안 꼴이 이게 뭐니?'

한 달 전에 친정엄마가 오셨다.

'내가 말년에 네 시집살이 할까 봐 걱정했더니만 결국 이렇게 되는구나.'

엄마가 도착하셨을 때도 나는 인사불성이 되어 숨을 몰아쉬고 있었다. 냉장고에는 반찬 대신 맥주와 소주들이 가득 들어차 있었다.

'아니, 이 년이 결국 미쳤구나. 너 무슨 일 있었냐? 왜 이러고 사는 거야?'

친정엄마의 손에 이끌려 지난주부터 찾기 시작한 신경정신과는 첫 한두 달은 일주일에 한 시간이라고 했다. 진전 상황에 따라 그다음부터 보름에 한 번이 될 수 있고, 보통은 육 개월쯤 지나면 한 달에 한 번으로 상담의 횟수는 줄어든다고 한다. 한 달에 한 번.

"잠을 잤는지 기억에는 없지만 창이 밝아지면 아침이구나 하고 눈을 뜨면서 혼잣말을 해요. '또다시 여기구나, 왜 깨지 않는 거야, 이 악몽은 어떻게 하면 깨어나지?' 그러다가 서서히 정신이 또렷해지면 마치 컴퓨터를 리셋하듯이 여기 나의 모습으로 다시 가면을 써요."

흰 가운을 입은 여의사는 턱을 괸 채 자기 앞의 모니터에서 눈을 떼지 않고 있었다. 주어진 시간 내에 무엇이든 떠드는 것은 나의 권리였지만, 의사에게는 꼭 날 쳐다보아야 한다는 의무가 없었다. 한 시간에 삼 만원. 상담료가 싼 대신 의사는 불친절했다.

"남편과의 관계를 회복하려고 시도해보지 않은 것은 아니에요. 하지만 그 사람도, 나도 그게 노력만으로는 안 되는 단계에 이른 걸 알아요."

"그 시도라는 건 구체적으로 어떤 거죠?"

이제야 약간이라도 관심이 생긴다는 투로 의사가 두꺼운 안경알 너머로 불투명한 눈알을 굴리며 나를 뚫어지게 쳐다본다.

나는 의사의 질문을 무시하고 다시 내 상태에 대해 주절거렸다. 내가 느끼는 지루함, 내가 느끼는 절망감, 내가 느끼는 막막함, 내가 느끼는 무료함, 내가 느끼는 구역질, 내가 느끼는 무감각. 의사는 하품을 참고 있었다.

친정엄마는 모든 문제의 시작이 소위 그 룸살롱이라고 알고 계신다. 그것 말고는 엄마가 이해하시도록 설명할 수 있는 길이 없었다.

'아이고, 엔간해라. 너처럼 표백제마냥 깨끗하게만 살 수 있는지 아나? 세상살이하다 보면 남자들이 어쩌다 그런 곳에 갈 수도 있지. 너도 이 서방이 버티고 있으니 때 안 타고 살았지, 그런 일이 어디 보통 흔한 일이냐?'

친정엄마가 그 사람과 나의 일을 알게 된다면 어떻게 반응하실까?

의사의 목소리는 소금기 없는 국물처럼 밍밍했다.

"다음 주도 이 시간에 오세요. 약은 지난주 처방 그대로 우울증 완화제하고, 수면제로 드릴게요."

친정엄마는 이번에는 맘먹고 나를 돕기로 작정하셨다며 한 달째 내 집에 머물면서 병원까지 따라오셨다.

"니들 저 차는 언제 샀어?"

친정엄마의 질문에, 의식 없이 타고 다니던 회색 BMW가 한편으로는 그 사람의 정체가 노출될지도 모른다는 두려움으로, 또 한 편으로는 노출하고 싶다는 욕망으로 내 눈에 들어와 박혔다.

"그러게, 내가 저렇게 멋진 차를 언제부터 가졌지?"

"아이고, 이게 단단히 미쳤구나. 정신이 나갔어. 고마 가자. 집에 가자."

친정엄마가 지내고 계시는 동안 집은 점점 깨끗해졌다. 수현이도 규칙적인 식사에 안정을 찾아갔고, 대화는 전혀 없었지만 남편 역시도 아무 일 없는 듯이 살아갔다. 모두들 연기의 귀재들이었다.

〈인형의 집〉이었던가? 로라는 결국 새장을 뛰쳐나갔지. 하지만 연극은 연극일 뿐. 무대의 막이 내리면 배우들은 다시 각자의 가정으로 돌아가 그들 역시 또 다른 삶의 연기를 이어가겠지? 무대 위의 로라는 달아날 수 있었지만, 우리는 이 틀에서 벗어날 수 없다.

"엄마, 나 좀 잘게요. 한 시간만 있다 깨워주세요."

늙은 친정엄마가 설거지하시는 구부정한 뒷모습에다 힘 빠진 부탁을 던지고 침대로 들어간다.

미안한데, 엄마, 그런데, 난 지금 살고 싶지가 않아.

눈을 감자마자 꿈을 꾸었다. 파란 지중해. 그 지중해에 빠져 숨이 막히는 꿈을 꾼다. 다시 한 모금 들이켠 파란 바다가 폐 속에 가득 찬다. 출렁이는 물결이 내 속에 가득 찬다. 나는 지중해가 된다.

지중해. 얼마나 매력적인 이름인지. 땅 가운데 바다라니. 누군가 땅과 바다를 나누기 시작했던 그 틀을 깨고 땅 가운데 바다가 있을 수 있다는 개념을 심어준 그 이름을 처음 만들어 부른 그에게 복이 있을지어다!

지중해, 땅이 품은 그 바다처럼, 내 안에 그 사람이라는 비밀, 그 사람 안에 숨겨져 있던 내 남편의 비밀, 그 모든 비밀의 파도가 지중해가 되어 나를 삼켰다.

죽어가는 나. 죽어야 하는 나. 하지만 짧은 잠이 깨면서 다시 찾아오는 날카로운 의식, 또 죽지 못했구나. 여전히 여기에 도착했다. 그리고 그는 나를 데려가기 위해 오지 않았다.

"더 자라, 더 자. 어차피 네가 할 일도 없는데 잠이나 푹 더 자라."

거실 텔레비전 소리를 약하게 틀어놓고 마늘을 까고 계시던 친정엄마는 일부러 나를 깨우지 않았다. 그래도 나는 엄마를 원망하지 않는다. 수현이처럼 화를 내지는 않는다. 도대체 수현이는 그때 나에게 왜 그렇게 화를 냈던 거야?

"엄마…"

"왜?"

외할아버지의 접시를 깼던 아이가 엄마를 보고 있다.

"잘못했어요."

"…"

문맥 없는 나의 사과에 엄마는 적잖이 놀라면서도 이런 뜬금없는 상황이 던져주는 값싼 감동 따위를 덥석 물어서는 안 된다고, 근본적인 문제의 해결을 위해 계속 의연한 태도를 지켜야 한다고 생각하신 모양이다.

"지랄한다. 적당히 해라, 적당히. 타협할 줄도 알아야 세상을 살지."

친정엄마의 말을 들으면서 동시에 떠오르는 그 사람의 말을 막을 수가 없었다.

'타협을 가장한 현실의 협박에 굴복하지 말아요. 이나 씨, 당신의 환상을 버리지 말아요.'

난 나의 환상을 잃었다고요. 나의 현실을 버틸 수 있게 해주는 나의 환상을. 이제 나는 무엇을 해야 하죠? 환상 없이는 지켜야 할 현실 따위도 없어요. 나는 이제 이 모든 지긋지긋한 짓들을 그만두겠어요.

'당신다워져요, 이나. 당신 자신을 사랑해야 해.'

눈앞에서 바다 물빛 원피스의 등 지퍼가 내려가며 파란 지중해가 펼쳐졌다. 꿈에서 보았던 그 지중해. 저기구나! 나의 환상, 나의 죽음, 나의 현실을 버티게 해줄 힘.

그래, 죽더라도 나는 내가 원하는 지중해에 빠져 죽을 거야. 지금 여기서 이렇게 죽지는 않을 거라고.

나를 데려가기 위해 그는 오지 않는다. 앞으로도 결코 오지 않을 것이다. 여기서 걸어 나가야 하는 건 나 자신이야. 일어서! 일어서야 걸을 수 있어! 걸어서 나가자고! 넘어졌다면 울지 말고 바로 넘어진 거기서 일어서는 거야!

그것은 소녀가 아닌 성숙한 여인의 목소리였다. 그 순간 나는 약과 상담을 끝내기로 결심했다.

그다음 주에 만난 의사는 내 알코올 의존 기간이 비교적 짧다는 것과 완치에 대한 자기 의지가 강하다는 점을 참작해주었다.

약은 물론 상담 치료도 마치기로 의사와 합의했다는 것을 확인하고, 친정엄마는 집으로 돌아가기 위해 짐을 쌌다.

"네 오빠가 그 아파트를 그렇게 홀랑 팔아치우지만 않았어도 지금쯤 난 이 꼴 저 꼴 안 보고 좋은 요양원에 들어갔을 거다."

"아파트 명의를 오빠로 한 건 엄마였어요."

엄마의 짐은 항상 올 때보다 갈 때가 가볍다.

"그 당시 네 이 서방 미국 유학 빚이 터져서 네 이름으로 했다가는 언제

날릴지 모르는 상황이었잖니?"

"결국 어떤 놈이 날렸든 날리긴 날렸네요."

엄마는 잠시 말이 없었다. 이번 대꾸는 하지 않는 편이 좋았다. 새로운 이나는 이렇게 답하면 안 된다. 사과의 의미로 엄마의 등에 머리를 기댄다.

남편의 미국 유학 빚. 결혼하고 다음 해, 백일이 막 넘은 아기를 재우고 있던 어느 초여름 아침에 미국에서 걸려온 전화로 처음 정체를 알게 된 남편의 첫 비밀.

'Hello? Is there Dr. Lee?'

결혼 전까지 까맣게 속인 것을 고모는, 남편이 나를 너무나도 잡고 싶어 차마 말을 못 한 거라고 포장했었다. 나를 위해, 혹은 내게 잘 보이기 위해 속인 것은 빚이라는 금전적 상태이지만, 학비 비싼 미국에서 공부하다 진이천 만 원의 빚을, 한 푼 갚지 않고 십 년 넘어 덮어놓고만 있다가 일억짜리 빚으로 만들어놓은 것은 무엇으로 포장하면 좋을까? 지나치게 낙천적인 성격??

남편은 어려서부터 평생 교수가 되기만 꿈꾸어왔다고 했다. 교수 아닌 그 어떤 것도 생각해본 적 없었다고. 그래서 교수가 되었고, 본인은 성공적인 삶을 살았다고 믿고 있다. 모든 것은 목적한 대로 되었어. 다 이루었다!

자기가 돌보아야 할 것, 살펴야 할 것은 팽개쳐두고, 그저 적적한 밤에는 주머니에 든 오만 원을 만지작거리면서, 집에 데려다 놓은 여자가 도망가지 않고 자기 아들을 길러내고 있다는 것만 확인하면 된다.

작은 구멍가게를 하다 지게 된 빚에 책임감을 느껴 괴로워하시다 어느한 날, 유서도 없이 황망하게 돌아가신 아빠가 남긴 건 작은 집 한 채. 그게 전부였던 친정엄마는 그 집을 담보로 일단 오천만 원을 만들어냈었다.

'원금이 이천이면 어떻게 미국 변호사를 사든지, 한번 알아보라고 해라. 오천으로 안 되면 이모들에게 말해서 되는 대로 한 번 더 해볼게.'

그렇게 해서라도 딸이 이 남자와 계속 살아야 한다고 생각하신 이유가 뭘까? 이렇게 책임감 없고, 대책 없는, 자기 자신의 성취 외에는 관심 없는 사람의 아내 자리를 유지해야 한다고 생각하신 이유가?

친정아빠의 빚은 삼천만 원이었다. 집을 담보 잡히는 대신 스스로의 목숨을 잡으신 이유는 당시 아직 대학원생이었던 딸과 곧 장가를 가야 할 아들이 있었기 때문이었다. 그런 돈이었다. 그 돈은.

지금 와서 생각해보니 그것은 엄마의 부채 의식이었다. 아빠의 죽음에 대한 부채 의식. 신혼 초 시카고 대학에서 시작된 남편의 유학 빚을 그렇게 해결했지만, LA에 같은 규모의 빚이 또 있다는 것이 드러났을 때, 나는 물론, 엄마도 그것을 현실로 받아들일 수 없으셨다. 그 이후 왕래를 끊으셨던 친정엄마가 이렇게 내 집에 오래 머무신 것은 이번이 처음이다.

"간다. 나오지 마라."

"터미널까지 모셔다드릴게요."

"일없다. 됐다. 여기 마을버스 정류장이 코앞인데 뭐 하러 거기까지 기름 쓰면서 고급 차 굴리나? 넌 다시 약 먹지 않게 정신이나 똑바로 챙겨."

정류장까지도 나오지 말라고 하신다. 곧 들어올 거 뭐하러 나오냐고. 그래도 엄마의 가방을 들고 따라 나갔어야 했지만 나는 그러지 않았다. 그 대신 침대에 엎드려 하염없이 울었다. 누군가를 그리워하는데, 누군가를 찾아야 하는데 그게 누군지 도저히 알 수가 없었다. 이제 더 이상 내 안에서 그의 목소리는 들리지 않았다. 그날 지중해를 떠올렸던 그 순간 지중해의 부드러운 파도가 그의 목소리를 쓸어가 버렸다.

'엄마, 나 그 사람 시체 치우고 싶어. 그 사람이 나 모르는 곳 어딘가에서

살다 죽어갔다는 소식을 나중에 듣게 되면 견딜 수 없을 것 같아.'

한참 나이 많은 남자를 신랑감이라고 소개했을 때 반대하던 엄마는 나의 이 말에 마지막 항복을 하셨다고 했다.

'네가 죽어도 좋다고 하는 줄 알았지. 무슨 일이 있어도 이 서방 곁에 있겠다고.'

그랬는데, 분명 그랬는데, 분명히 나는, 그때의 나는 그랬었는데, 무슨 일이 벌어진 거지? 왜 끝까지 그 결심을 지키지 못한 거지? 왜 이렇게 무너지는 거지?

망부석이 되고 싶었는데, 왜 그 단단한 돌 안에서 살아 꿈틀대는 민들레가 피어나 홀씨를 날리는 걸까? 왜 이 바람을 타고 날아가고 싶은 걸까?

사랑? 사랑… 사랑이었을까? 나는 사랑이었을까? 나는 남편을, 이민규를 사랑했던 걸까? 그러고 싶었지만 그가 날 사랑하지 못하는 것에 실망한 걸까? 지친 걸까? 내가 사랑을 받지 못하더라도 나는 남편을 사랑할 수 있지 않았을까? 내가 사랑을 주기만 할 수는 없는 것이었을까? 나는 최선을 다했던 걸까?

아니, 나는 소진되고 있었다. 사라지고 있었다. 꺼져가고 있었다. 주기만 하는 사랑, 줄 수만 있는 사랑은 내게 없었다. 줄 수 있는 주체가 사라지고 있었기에 우선 나는 살아나야만 했다. 그래서 나는 나를 사랑해야만 했다.

'나는 나를 사랑해야 해. 아무도 나를 사랑하지 않는 그 순간에도 나는 나를 사랑해 줘야 해. 그렇지 않으면 나에겐 정말 아무도 없는 거야. 사랑 한 번 받아보지 못하고 죽어야 하는 거야. 그렇게 죽고 싶지는 않아. 나는 살 거야. 나를 사랑하고 살아날 거야. 그래서 그 힘으로 지중해로 갈 거야. 지중해에 도착하기 전까지 무너지지 말자. 나는 내가 원할 때, 내가 원하는 대로, 나의 지중해에 빠져 죽을 거야. 나의 지중해에 닿을 때까지, 나는 나를 사랑해야 해.'

외할머니는 못 만나고 돌아가서 미안하다고 그날 밤에 수현이에게 전화를 거셨다. 통화를 끝내는 인사 소리가 문밖으로 새어 나왔다.

"수현아, 나 들어가도 되니?"

"네."

오랜만에 듣는 아들의 흔쾌한 초청에 매캐한 냄새가 가득한 청년의 방문을 열었다.

"쓰레기 좀 치우랬더니…"

"제가 할게요."

방 한구석에 놓인 쓰레기통에서 휴지가 넘쳐나고 있었다. 욕구의 흔적, 불안의 흔적, 슬픈 인간의 흔적.

"요즘은 좀 일찍 자니? 불은 일찍 끄는 것 같던데."

"공부가 잘 안 돼요. 그래서 그냥 자려고 하는데 솔직히 잠도 잘 안 와요."

어느새 수현이도 남자가 되어 있었다. 이 녀석도 조만간 자신의 짝을 찾겠지? 그리고 그 짝이 인생의 끝까지 함께 가주길 바라겠지? 하지만 몇 번이고 시행착오도 겪고 오해와 이별 속에서 가슴 아파하겠지? 그러다가 상황과 조건이 맞는 누군가 나타나면 가정을 이루어야겠다고 결심하겠지? 그리고 아이가 태어나고, 그리고 그렇게 그 체제 속에 숨어버리겠지. 안전하게, 혹은 체념한 상태로…

"수현아, 사랑은 성적으로만 느끼는 감정이 아니야."

"엄마?"

맥락 없는 내 발언에 아들이 당황했다. 뱉어놓은 내 말에 나도 당황스러웠지만 주워 담기엔 너무나 또렷한 말이었다.

"상대방이 진정한 그 자신이 되게 해줄 수 있는 사람들이 진짜 사랑하는 사람들이야. 만일 한쪽이 한쪽을 위해 희생한다거나 혹은 나도 희생했으

160

니 너도 희생하라는 식의 등가 대가요구는 진짜 사랑이 아니야."

알았다. 내내 내가 찾고 있던 그가 누구인지. 아니무스. 내 안의 아니무스가 지금 수현이에게 말하는 형식을 빌려 내게 말하고 있었다.

"그리고 무엇보다도 너 자신을 사랑하지 못하게 하는 사람이거든 언제라도 당장 달아나. 네가 네 자신이 아니길 원하는 이가 너를 사랑한다는 건 거짓말이야. 너는 사랑의 대상이 아니라 주체가 되어야 해. 그건 상대방 역시 마찬가지야. 너는 네 짝을 있는 그대로 사랑할 수 있어야 해. 네 짝이 되고자 하는 그 모습을 인정해주어야 해."

"저도 항상 그 생각을 했어요. 왜 사람들은 모르지? 남을 위해 희생하라 어쩌라 하는데, 정작 성경에는, 네 이웃을 네 몸과 같이 사랑하라고 했잖아요. 하지만 교회는 자기 자신의 몸은 인정하지 않고, 세속적이다, 어쩌다 하며 죄악시해요. 남을 위한 희생이랍시고 조금 좋은 일을 하고는 얼마나 인정을 받으려고 과시를 해대는지 아주 꼴도 보기 싫어요. 거기서 대접받는 높은 분들은 자기들이 우리 눈에 어떻게 보이는지 알기나 하는지… 그걸 또 남이 인정해주지 않으면 토라지고 앙금이 생기고… 도대체 세상적인 것과 거룩한 것은 우리가 무슨 기준으로 나누죠? 하나님은 세상을 이처럼 사랑하셨다면서요? 그런데도 왜들 다 거룩한 척, 자신들은 희생만 하는 척하죠?"

수현이는 이해하고 있구나. 다음 세대들은 더 영리하다.

"나는 종교가 답답해요. 권위와 자기들 위계질서를 위해서 만들어놓은 틀에 따라 이렇게 살아라, 저렇게 하지 마라, 강요하잖아요. 물질도 바치고, 시간도 내야하고. 무엇 때문에요? 속으로는 똑같은 욕심을 가지고 있는 주제에 아닌 척하면서 위선이나 떨고, 말로만 번지르르하게 꾸며대죠. 자기들이 먼저 행동으로 본을 보이든지. 오히려 뭔가 영적으로 수준 높다는 사람들도 이 땅에서 잘 먹고, 잘 살기 위한 기도만 해요. 이 땅에서 물질적으로 축복받은 것이 선택받은 기준이 된대요. 그게 무슨 현실을 초월한 종교예요? 아니, 자기들도 똑같다는 걸 솔직히 인정이라도 하든지. 그냥 사교 모임 같은 사회기관이라고."

수현이는 알고 있다. 그들의 체제는 이미 무너지기 시작했다.

"그래도 사람들은 신이 필요해. 위로도 필요하고. 연약하거든."

일부러 균형을 맞춰주려는 건 아니었는데, 살짝 박차를 가하자마자 말이 뛰어올라 달려가는 걸 보고 그 속도에 놀라 고삐를 당긴 셈이 되었다.

"엄마는 아빠 사랑해요?"

사랑하느냐고? 사랑했냐고 물으면, 그래, 그 증거물인 네가 그렇게 묻는구나.

"네가 객관적으로 보기엔 어때? 아빠는 엄마를 사랑하는 것 같니?"

"아빤 불쌍해요."

예상치 못했던 답이다. 피가 물보다 진해서인가?

"아빤 사랑이 뭔지 모르는 사람이에요. 그래서 불쌍해요."

아들의 말에 가슴이 아렸다.

"그럼 엄마는 나쁜 사람이네. 사랑이 뭔지도 모르는 불쌍한 남자를 사랑하지 못하는…"

"죄송해요. 난 엄마가 불행해 보여요."

수현이의 솔직함이 고마웠다. 자기 안의 말이 흘러나오는 대로 쏟아놓기로 했는지 수현이는 내 말을 기다리지 않고, 자기 말을 이어갔다.

"아빠가 사랑을 모른다고 엄마가 아빠에게 사랑을 가르쳐야 한다거나 일부러 더 사랑해줘야 한다는 게 아니에요. 아빠는 아빠대로 불쌍하고, 엄마는 엄마대로 안 돼 보여요. 서로 만나서는 안 될 사람들이었던 것 같아요."

"네가 있잖아."

혹시라도 엄마 아빠의 불행한 만남의 결과물이라고 자신을 비하할까 봐 얼른 아들 말을 바로 잡아준다.

"네가 태어나려고 우리가 만난 거지. 우주와 인류 역사가 널 원했기 때문에. 우린 너 하나로 만족하는 거 알잖아."

"엄마, 나 어린애 아니에요."

그렇지. 수현이는 남자가 다 되었다.

"난 엄마가 엄마의 인생을 살았으면 좋겠어요. 아빠의 아내, 나의 엄마, 그런 거 말고."

나는 조심스럽게 다음 말을 정리했다.

"넌 엄마 아빠가 이혼해도 괜찮니?"

"그건 엄마 아빠 인생이잖아요."

"하지만 영준이를 봐도 알잖아. 아직은 우리 사회가 이혼한 가정에 대해 너그럽지 않아."

"다들 바보라서 그래요. 겉모습만 보고 쉽게 판단하고, 외적 상태로만 자신들을 드러내는 가짜들이라서."

그런데 그 가짜들이 아직도 세상의 판세를 주도하고 있단다, 아들아… 아직은 우리가 할 수 있는 일이 별로 없구나.

"늦었다, 자라."

"네. 안녕히 주무세요."

띠링.

수현이 방문을 닫고 나오는데 식탁 위에 놓인 내 휴대전화에서 알림음이 울린다.

설마…

두근거리는 심장은 의식할 필요도 없었다. 전화를 집어 드는 내 손은 눈에 뜨일 정도로 덜덜 떨리고 있었다.

'고객님, 급전이 필요하신가요? 모바일로 다 되는…'

안심도, 분노도, 허탈감도 아니었다. 슬픔이 밀려왔다. 나는 마음껏 울기 위해 소리 없이 대문을 열고 집을 빠져나와 주차장으로 달려가 차 안에서 흐느꼈다.

11. 모순과 비밀 사이

가을이 어김없이 달려왔다.

그 사람은 선택을 얘기했었다. 우리의 탄생은 우리의 선택이 아니었지만, 죽기 직전까지 우리는 계속 선택해야만 한다고. 이제까지 나의 선택의 순간에는 항상 다른 사람들의 시선이 끼어들었었다. 끊임없이 타인을 의식해야만 했던 삶. 그것은 내가 선택한 삶이 아니었다는 것을 알아차렸는데, 이미 너무 많은 선택이 쌓여 나를 내리누르고 있었다.

브란덴부르크 협주곡 2번, 친정엄마의 전화다.

"어쩐 일이세요?"

"어제 병원 다녀왔다."

최근 가슴이 답답해서 종합병원 검진을 예약해 놓았었다고 들었던 기억이 난다.

"뭐래요?"

"수술도 할 필요 없다고 하네."

담담한 엄마의 목소리에 숨겨진 의미를 묻고 싶지 않았다. 그래서 더 명랑하게 대꾸했다.

"다행이네요. 오빠나 나나 괜히 걱정했네."

"한 1년 얘기하더라. 잘하면 5년까지 가는 사람도 있다고 하고."

집안의 모든 벽이 내게로 무너져 쏟아진다. 왜 그렇게 씩씩하셔야만 하는지, 왜 그렇게 홀로이셔야만 하는지, 왜 한 번도 내게 기대려고 하지 않으시는 건지 언젠가는 묻고 싶었는데, 시간이 많지 않아 결국 물어볼 수 없을 것 같다.

"엄마…"

"너 정말 이혼할 생각이냐?"

예상 못한 질문이 귀에 꽂힌다.

"언제인지는 모르지만 내 결론은 같아요."

질문은 예상 못 했지만 답은 준비되어 있었다.

"그러면 오너라, 이제 그만 하면 됐다."

내가 지금 무슨 소릴 들은 거지?

"이 서방은 연금 때문에 직장 떨어질까 봐 걱정이라 그런다니, 그럼, 네가 내 병수발한다고 하고 여기 와있으면 되잖아."

엄마가 내게 손을 내밀었다.

"여기 와 있다가 나중에는 너 혼자 여기서 살아라. 니들 이혼이야 이 서방 은퇴하고 해도 되잖아. 그만하면 됐다."

어제 병원 결과를 듣고 난 후 생각하신 건 아닌 것 같다. 아마도 오래전부터 많이 생각해 오셨던 것일 테지.

"내가 남길 건 별로 없지만 여기 이 집 정도면 여자 혼자 살기 나쁘지 않을 거다. 수현이 교육이야 애비가 시키겠지. 그 집안 씬데."

울고 있어 목이 메었다. 답을 하지 못하는 내게 엄마가 말한다.

"끊는다."

선택해야 했다. 미용사는 내게 어떤 색으로 염색할 것인지 묻는다.

"저 오렌지색으로 염색해주세요."

"와, 대범한 선택이신데요? 감당할 수 있으시겠어요?"

감당이라고? 항상 그 질문에 겁을 먹었었다. 그동안 감당할 수 있느냐는 질문은 왜 내게 협박처럼 들렸던 걸까? 그래, 감당하면 되지, 뭐.

죽어가는 엄마는 평생 해보지 못했던 이 머리 색깔을 하고 엄마에게 가기로 했다.

"아니, 이게 무슨 짓이야?"

내 머리카락은 불타는 오렌지빛으로 반짝이고 있었다. 염색을 마치고 집까지 오는 길에 마주친 동네 사람들은 눈을 동그랗게 하고 애써 평범하게 인사를 건넸다. 아마 지금 남편의 저 말을 차마 입 밖으로 낼 수는 없는 입장이었기 때문이겠지.

"내가 수현이 만할 때 별명이 〈빨강머리 앤〉이었던 거 알아요? 그때는 머리색 때문이 아니라 상상하길 좋아하는 내 성격 때문이었는데, 오늘 그 생각이 나서 한 번 해봤어요."

"상상하는 걸 다 해볼 나이는 지났잖아?"

뭐라고요? 이제야 겨우 용기 내어 상상하는 걸 해볼 수 있게 되었다고 생각했는데 다 지났다고요? 남편의 어이없어하는 표정을 보니 돼지에게 진주목걸이의 아름다움을 설명해야 하는 보석상이 된 기분이다.

"그러고 다니면 사람들이 이상하게 쳐다볼 거 아냐?"

이상하게, 이상하게, 뭐가 그리 이상한데? 내가 이런 머리색을 하고 다닌다고 해서 피해를 볼 사람은 아무도 없다고!

"그게 무슨 상관이죠?"

보석상은 설명하기를 포기한다.

"사람들이 나를 뭐라고 생각하겠어?"

결국 방향은 하나다. 그래, 그래서 이제껏 당신의 아내답게 입고, 당신의 아내답게 말하고, 당신의 아내답게 처신해왔지. 그런데 이제부터는 나도 나다우면 안 돼? 내가 입고 싶고, 내가 하고 싶은 대로 해보면 안 되는 거야?

결혼식장에서의 단 한 번의 '예'로 이렇게 온 생애를 당신의 부속품으로, 당신에게 어울리게 살아가야 하는 거야? 당신에게 한 번 했던 '예'보다 더 많은 '예', '좋아요', '맞아요', '계속해요'를 해댄 사람은 내가 나다워지기를 원했었어. 그가 원한 건 '누군가의 아내'가 아니라 '나'였어. 그리고 나는 '아내'가 되려고 태어난 게 아니야. 난 나야.

아무 말도 입 밖으로 나오지 않았지만 남편은 나의 저항을 눈빛으로 느꼈을 것이다. 소위 평범하다고 부를 수 있는 색으로 다시 염색하라고 강요하지 못하는 것을 분하게 여기고 있다는 것을 알 수 있었다.

보름 만에 이 화사한 머리색을 하고 많은 시선을 받았다.

남자들은 주로 곁눈질로 쳐다보았다. 이상하게 보는 남자들, 불편하게 보는 남자들, 특히 택시 기사들은 예전보다 내게 불친절했다. 그들이 아는 한 이런 색의 머리를 한 여성들은 그렇게 불친절하게 대해도 된다고 생각하는가 보다.

전에 없이 친절해진 남자들도 있었다. 자주 보는 상인들이 특히 그랬다. 덤으로 주는 식품들이 많아졌다. 단 그들의 옆에 여자들이 있을 때는 전혀 달랐다. 그 남자들의 옆에서 여자들은 나를 안타깝게 쳐다보았다. 그리고 그럴 때면 곁의 남자들은 무심한 척했다.

그 여자들을 제외한 대부분의 여자들은 내가 기대하지 않았던 칭찬을 던졌다.

"아유, 머리색이 참 잘 어울려요."

아파트 엘리베이터에서 만난 청소 아주머니께서 던진 말에 괜히 그분의 나이를 의식한 내가 소심하게 대꾸했다.

"그냥 스트레스 좀 풀어봤어요."

그런데 돌아온 대답은 나를 놀라게 했다.

"아냐, 진짜 이뻐. 나도 젊었을 때 하고 싶었던 머리색이야. 아주 잘 어울려요."

이 세 문장을 그분의 진한 감정이 담기지 못하는 글로 써야 하는 고통이라니…

168

학교에서 만난 프랑스 여교수가 제일 먼저 칭찬했었다. 빠른 프랑스어로 퍼붓는 칭찬들 중 다른 무엇보다 내 귀에 박힌 것은, Tu es françse, 너는 프랑스 여자야.

그리고 자신들이 잠시 직장 생활을 할 때, 또 강사 생활을 시작했을 때, 그저 조금 색다르게 염색한 머리카락에 대해서도 어떤 지적들을 받아왔는지 수많은 경험들이 대학원 여자 동료들과의 만남에서 이야기되었다.

나의 논문 지도를 시작하기로 한 지도교수는 내 머리카락 색깔 하나로 이렇게 많은 이야기들이 오가는 것을 흥미롭게 지켜보고 있었다.

수현이가 수학여행을 떠난 날 아침, 드디어 기다렸던 시간이 왔다. 서재의 문을 열고 컴퓨터 앞에 앉아있는 남편의 얼굴을 쳐다봤다. 저 사람이구나. 내 남편이라는 사람. 저렇게 생겼었군.

남편은 고개를 들지 않는다.

"우리, 얘기 좀 해요."

"곧 나가봐야 돼."

이런 식으로 빠져나간다고? 남편이라고 불리는 사람의 형태를 한 대상에게 내가 해야 할 말을 던졌다.

"이혼해요."

"그럼 이십 분만 얘기해."

놀라는 기색도 없이 남편은 고개를 들었다. 알고 있는 얘기를 다시 시작한다는 지루한 분위기가 우리 둘 사이에 흘렀다. 이 사람은 또 어떻게든 내 말들을 받아치며 상황을 연장해갈 것이다. 언제나 자신이 유리한 쪽으로 해석하며 상황을 모면해온 사람. 임기응변에 주는 상이 있다면 이 사람을 적극적으로 추천하고 싶다.

"이혼하자는데 이십 분 얘기하면 되는 거였어요?"

"얘기 좀 하자면서? 그래서, 하려는 얘기가 뭔데?"

그래, 바로 이런 식 말이다.

"이혼하자고요."

"하…"

남편은 짜증 섞인 한숨을 길게 내쉬었다.

"그놈의 이혼, 이혼, 무슨 이혼 못 해 죽은 귀신이 붙었나. 왜 집안을 망치려고 작정이야? 뭐가 불만인데? 내가 부족한 게 뭔데? 안 해준 게 뭔데?"

적반하장도 유분수라는 말이 이럴 때 적합할까? 하지만 남편의 말이 그리 틀린 말은 아니다. 여기는 외적으로 보아 완벽한 가정이지 않은가?

"이보라고, 나는 교수야. 하루 여덟 시간 근무하는 직장인이 아니라고. 내 머릿속에는 온통 써야 할 글과 만나야 할 학회 사람들, 진행되는 프로젝트, 학생들 관리, 학교 인사 문제, 교육부 제출서류, 기한 내에 작성해야 할 온갖 서류들로, 당신은 도저히 상상도 못 할 일로 가득 차 있다고. 집에서 애 하나 돌보는 여자가 남편 마음을 편하게는 못할망정 어디서 무슨 드라마를 보고 바람이 들어서 이혼 타령이야?"

한참 반항하던 사춘기 시절, 친정아빠에게 야단을 맞을 때 내가 지금 이런 기분이었던가? 답답하고, 숨이 막힌다. 벽을 대고 말을 해도 이렇게 막막할까? 얘기해 봐야 아무 소용없어. 그만두자. 그냥 돌아서.

하지만 나도 알지 못하는 순간, 내 안에서 폭발음이 들렸다. 나는 소리를 지르고 있었다. 그 폭발에 피를 흘리면서 지르는 비명이었다.

"당신은 내게 어떤 변화가 있어도 눈치 채지 못했어. 왜냐고? 아무런 관심이 없었으니까. 당신은 나를 아내라는 자리에 꽂아두고 잘 작동되는지 가끔 확인할 뿐이야. 아침식사는 무슨 메뉴로 차려지는지, 와이셔츠는 정확하게 준비되는지, 아이의 성적은 관리되고 있는지, 관리비는 연체되지 않는지!

만약 당신이 유학 시절부터 아내라는 걸 갖췄더라면 학자금 빚도 미리 미리 관리했었겠지. 물론 그 아내가. 왜냐하면 당신은 잡무에서 면제니까. 그 잘난 학위를 따셔야 하니까.

책, 책, 책, 책, 그리고 또 책, 책, 책, 도대체 이 빌어먹을 책 속에 뭐가 들었는데? 거기에 당신 아내가 아프다고 쓰여 있어? 당신 아내가 힘들어한다고. 오늘은 아침도 차릴 수 없고, 때에 따라 와이셔츠 따윈 당신이 다릴 수도 있어야 한다고, 그리고 당신보다 열 살이나 어린 여자는 당신이 십 년 전에 가졌던 욕구보다 더 강한 욕구를 가지고 있을 수도 있다는 걸, 그 빌어먹을 책 어디에서 읽어본 적이 있느냔 말이야!"

"왜 이래? 또 미쳤어?"

또? 그래, 정확한 대꾸구나. 당신만이 할 수 있는 아주 정확한 대답이야.

남편은 컴퓨터 앞에서 벌떡 일어나 열어놓은 책들을 덮었다. 달아나려는 태세다. 이렇게 달아나게 둘 순 없어!

"이혼해."

"못 해!"

남편의 대꾸는 즉각적이었다. 생각할 필요가 없다는 말이었고, 앞으로도 생각하지 않겠다는 말이었다.

"이혼해, 이혼해! 제발 이혼해줘요. 당신의 그 알량한 지위 때문에 내 인생을 제물 삼지 말아 달라고요!"

호기롭던 반말은 어디로 가고 나는 남편에게 애원하고 있었다. 무릎 꿇고 비는 것이 효과적이라고 했다면 바로 무릎을 꿇었을 것이다.

"넌 안 얻어먹었어?"

남편의 차가운 대꾸가 무릎이라도 꿇으려던 내 마음을 수치스럽게 만들었다.

"그 알량한 지위에서 나오는 꿀물을 너는 안 빨아 먹었냐고? 우리도 사회 시스템에 개처럼 굴복하며 구르라면 구르고, 달리라면 달리고, '손'하면 내밀어대지만, 당신은 그 개에 들러붙은 개벼룩처럼 뜯어 먹고 사는 거 아니었어? 당신이 사회에 나갈 자신이 있어? 박사 수료생, 어디 가서 설거지도 못 해!"

남편의 말이 잔인한 건 그 표현 때문이 아니라 사실성 때문이었다. 더는 수치스럽지 않았지만 개와 개벼룩이 된 우리가 불쌍하게 느껴져 한동안 말을 잃었다. 남편은 내가 물러섰다고 생각했는지 목소리를 한 톤 낮춰가며 말을 이었다.

"그동안 당신이 술 처먹고 난리 칠 때도 나는 아무 말 안 했잖아. 룸살롱이며, 서경이 지난 얘기며, 당신이 감당하기 힘들었을 거라고 생각은 해. 하지만 그런 건 아무것도 아니야. 사회생활 하다 보면 정말 아무것도 아닌 것들이라고."

얼마나 대단한 사회생활이신지! 모든 것은 자신이 기준이다. 집구석에 처박힌, 아내의 마음, 집사람의 생각, 아이 엄마의 감정 따위는 괘념치 않는다.

소녀였다면, 내가 여전히 이전 내 안의 소녀인 상태로 머물렀더라면 남편의 말에 고마움을 느끼며, 남편에게 동의했을 것이다. 이 험한 세상에서 나를 지켜주는 내 울타리, 고마워요. 당신의 울타리 안에서 나는 행복한 어린 양이에요.

하지만 지금 내 안에서는 성숙한 한 여인이 눈을 뜨고 이 가련한 남자를 바라보고 있다.

"당신이 개면, 나도 개야. 당신이 나무면 나도 나무야. 당신이 사회생활을 한다면 나도 할 수 있어야 하고, 박사 수료생도 설거지 할 수 있어. 당신에게 룸살롱이 아무것도 아니듯이 내가 술을 마시는 것도 난리 친다고 표현할 만한 일은 아니야."

또렷한 내 말들은 남편의 표정을 굳어지게 했다.

"뭐야? 무슨 페미니스트라도 되셨다 이거야?"

임기응변이 시작되었군. 남편은 말꼬리를 잡을 셈이다. 자신의 논리를 잃었다는 뜻이다.

"그러게 일찌감치 논문을 끝냈으면 좋았잖아. 그랬으면 지금쯤 벌써 강의하고 돌아다닐 거 아냐? 그렇게 사회생활 하다 보면 스트레스도 풀리고 당신도 어엿한…"

"나는!"

남편의 말을 잘라야 했다.

"나는 세 사람의 일상을 살아내야 했어. 내가 집안일을 하는 동안 수현이나 당신, 두 남자 중 누구도 나를 돕지 않았어. 집안에서 일어나는 모든 일은, 접시 한 장 설거지하는 일까지도 당연히 아내이자 엄마인 내 몫이었어.

그래, 당신이 밖에서 벌어오는 돈, 고맙고 소중해. 그렇지만 그 돈을 밖에서만 벌어왔다고 생각해? 이 집안이 이렇게 돌아가지 않으면 당신이 밖에서 그렇게 활동할 수 있었을까? 내가 없으면 어떻게 됐을까?

당신은 가족을 위해 사회생활을 했다고 말할 테지만, 아니, 당신은 가족이 없었어도, 이 결혼이 아니었어도, 당신의 그 사회생활을 했을 거야. 하지만 나는 당신과의 결혼 때문에 내가 할 수 있는 것들을 많이 버려야 했어. 당신은 버리지 않아도 됐을 것들."

당연히 차려지는 밥상, 당연히 빨아져 개어져 있는 옷들, 당연히 정리된 침대와 먼지 없는 구석구석. 이 모든 것이 결코 당연하지 않다는 걸 알게 해주려면 내가 사라져야만 한다는 것을 깨달았었던 그 순간의 비참함. 이것이 그동안 나 자신이 그토록 죽어 사라지길 원했던 이유, 내 우울의 원인이었음을 나 스스로도 깨닫는 순간이었다.

"십 년 전, 당신이 연구년을 신청했을 때, 결혼하느라 프랑스로 가지 못한 나를 위해 몽뻴리에 있는 학교를 알아봐 준다고 했었어. 그 학교에서 연락이 왔을 때 당신은 이미 나 몰래 미국 학교에도 서류작업을 진행하고 있었지. 당연히 미국 학교에서도 허가가 왔을 때 당신이 그랬지, 수현이를 위해 영어를 쓰는 곳으로 가자고. 아이가 프랑스어를 배워봤자 한국사회에서는 주류가 될 수 없다고. 그리고 처음 프랑스행을 계획했던 이유였었던 나의 필요 따윈 깨끗이 지워버렸어. 당신은 그런 사람이었어. 내 논문? 내 커리어? 열매만을 원했지 한 번도 그 열매를 위한 수고에는 동참하려 하지 않았어, 당신은!"

자기 말의 사실성이 지녔던 잔인성만큼 내 말의 사실성이 지닌 합리성에 남편은 대답하지 않았다. 이쯤에서 내가 남편을 잘 알고 있다는 것을 알려주어야 했다.

"선택은 용기가 필요해. 하지만 당신은 비겁한 사람이야. 절대 다른 선택은 하지 않겠지. 어떠한 행동도 하지 않을 거야. 지금 이 상황을 뒤로 미루면서 시간이 계속 우릴 몰아가도록 기다리고만 있을 거야. 그리고 거기 시간의 끝에서 기다리고 있는 건 당신, 아니면 나, 둘 중 하나의 부재겠지. 언젠가 그날, 우리 둘 중 누군가는 그렇게 버텨온 이 상황의 승리자가 되는 거야."

밥은? 옷은? 이번 달은 카드 값이 왜 이렇게 많이 나왔어? 수현이 성적이 올랐네? 교회 헌금 좀 더 해, 교회 장로들 눈치 보여. 감사헌금에 한 십만 원 더 넣지 그래? 밥은? 양복 찾아왔어? 학교 사정이 말이 아니야. 젠장, 누가 또 투서를 넣었어. 밥은? 오늘 저녁은 먹고 갈 거야. 아프면 먼저 자.

지금의 이 대화를 이제껏 나와 나누던 대화들 중 어떤 분류에 넣어야 할지 고민하는 모습이 남편의 미간에 선명하게 보였다. 그 좁아진 미간을 보면서 나는 남편이 내 앞에서 점점 투명해지는 것을 느꼈다. 그리고 내 말을 이었다.

"당신에게 나는 투명 인간이야. 내가 보이기는 해? 그동안 내가 얼마나 당신을 기다렸는지 알기는 해? 무려 십팔 년이야. 그동안 내가 어떻게 변해왔는지, 왜 그렇게 변해야 했는지 관심이나 있었어? 아이를 낳고 불어났다가, 그 몸을 빼기 위해 몸부림치다가, 살림 스트레스로 다시 살이 찌다가, 요즘 다시 몸 관리를 하면서 내 몸이 변하는 것을 알고는 있었어? 작품 따라 몇 년마다 나타났다 사라졌다 하는 연예인들의 외모 변화에 대한 관심만큼이라도 내 몸의 변화에 관심을 가져봤느냐고.

그래, 나는 죽을 때까지 당신을 기다릴 수밖에 없는 자리에 앉혀다 놓았으니 언제든 당신이 내킬 때 돌아오면 내가 그 자리에 있을 거라고 생각한 거야?"

가족, 가정, 아내와 남편, 사랑스러운 아이들, 따뜻한 음식이 정갈하게 차려진 풍성한 식탁, 푸른 저녁 하늘이 담기는 노란 조명의 베란다 창, 이 모든 거짓 신화와 거짓 약속들. 부서져 버려!

"이제 나는 거기 없어. 당신이 생각하는 그 자리는 텅 비었어. 더 이상 이 역할 놀이를 할 수가 없어. 이젠 나를 놓아줘."

남편은 나의 진심을 알아챘다. 그의 좁아진 미간이 나사 풀린 시계처럼 여덟 시 이십 분이 되는 것을 보았다. 이 가련한 소년이 남자가 되기까지 기다려주지 못한 것은 미안한 일이다. 소년은 앞으로의 미래를 예상해본 적이 없어 더 막막할지도 모른다.

"연금이나 다른 사람들 시선 때문이라면 당신이 은퇴할 때까지 기다릴 수도 있어. 나는 엄마 병수발 하러 가요. 다음 주부터 엄마 집에서 지낼 거야. 수현이는 혼자 자기 관리 잘할 거고, 못 하는 부분은 이번 기회에 많이 배우게 되겠지. 주말마다 수현이가 할머니 집에 오면 되니까 서로 특별한 연락은 그때 해요."

통보를 받은 남편은 힘없이 다시 의자에 앉았다. 주섬주섬 책을 챙기고 가방에 담는 모습을 보면서 이 사람도 언젠가는 알게 될까 하는 생각이 들었다. 그 사람과 나. 그 사람과 나의 일을 알게 될까? 아니면 이미 알고 있으면서 모르는 척하는 걸까? 예전에 남편이 하던 말들이 떠올랐다.

'수현 엄마… 당신이 그 룸살롱 일로 얼마나 속 끓였는지 알아. 나도 들킬 줄 몰랐지. 당신이 알게 될 거라고 생각하면 내가 그런 데를 갔겠어? 그 정도는 남자들 세계에서 있을 수 있는 일이야. 그건 좋아서 간 것도 아니고, 그냥 그날 기분에 따른 실수 같은 거야.'

차라리 남편이 누군가 다른 여자를 사랑했었다면 용납이 됐을지 모르겠다. 내가 줄 수 없는 무언가를 다른 여성에게서 찾았다면, 그래서 그 여자가 남편에게서 내가 찾아주지 못한 그 자신다움을 찾아주고, 그만의 소중한 가치를 찾아주어서 성숙한 남자가 되게 해주는 진짜 사랑을 만났던 거라면, 그렇다면 나는 남편을 기꺼이 그녀에게로 놓아 보내주었을 텐데. 아니면 사정에 따라 내게 돌아왔더라도 이렇게까지 지겹게 느껴지지는 않았을 텐데.

남편이 언제고 그 일을 알게 되든 말든 지금은 그 사람과의 일을 남편에게 알리고 싶지 않다. 그건 내 소중한 추억을 더럽히는 일이 될 것이다. 애들은 어른들의 일에서 배제되어야 마땅하고, 남편은 그와 나의 추억에 끼어들 자격이 없다.

지난달부터 지도교수와 시작한 논문 작업을 위해 학교 카페에 앉아 글을 쓰고 있는데 옆자리 두 청년들의 대화가 들려온다.

"선배, 저도 이제 안정을 위해 결혼하려고요."

"여자 친구하고 얘기는 했어?"

"서로 뭐 그럴 거라고 짐작하고 있어요. 아직 가족들 인사는 안 했는데, 과정이야 진행시키면 되는 거니까, 그 친구도 제가 박사 졸업하면 취업보다 포스트 닥하러 나가려는 거 아니까 결혼은 하고 움직여야 한다고 생각하더라고요."

"그래, 결혼은 하고 움직여야 안정감이 있긴 하지."

쓰고 있는 글에 집중하려 했지만 그 둘의 대화가, 해석이 필요한 외국어 문장처럼 자꾸 귓가에 맴돈다.

안정을 위해? 뭐라고? 안정을 위해 결혼한다고?

사랑하는 그 여자와 도저히 헤어질 수 없어서, 죽을 때까지 함께 있기 위해, 누가 먼저 가든지 가는 길 정리해서 잘 보내주고, 남은 자로서의 그리움과 슬픔에, 그동안 못다 보여준 사랑을 실어 보내주고, 그리고 지난 추억으로 늙어 가기 위해서가 아니고? 끝까지 함께 성숙하고 완전한 자기 자신이 되기 위해서가 아니고?

이 젊은 친구야, 그녀는 너의 안정된 삶에 들여놓는 잘 맞춰진 가구가 아니야! 마땅히 줘야 할 사랑을 줄 자신이 없다면 그녀를 놓아줘!

아니, 이건 그녀에게 알려줘야 한다. 받아야 할 충분한 사랑을 받지 못하더라도 그 대신 안정된 수입만을 원하는 것이라면 차라리 나가서 네가 일을 해! 네가 집 안에서든 집 밖에서든 어떤 일이든 하는데도 불구하고 남자는 너를 자기가 데려다 놓은 여자, 이미 자신에게 속한 여자로 취급하거든, 자신의 부속품으로 여기거든, 당장 그에게서 달아나! 네가 너다워지는 것을 지지하지 않거든 어서 일어나 무조건 뛰어 달아나라고!

'다들 그렇게 살아! 넌 뭐가 그렇게 별나?'

나의 결혼생활 초기, 이렇게 사는 것이 맞는지 물었을 때 남편이 했던 대답이다. 내가 별난 거라고? 정말 그런 걸까? 그때 다른 선택지가 없었던,

그리고 세상 앞에 두려움에 떨던 그 소녀는 그냥 그렇게 받아들여야만 했었다.

결혼. 그리고 결혼을 위한 준비들.

결혼반지를 구하기 위해 들렀던 금은방에서 남편이 했던 말들이 조각조각 떠오른다.

'괜찮은 디자인 있나요?'

'이건 어떠세요? 지난주에 이태리에서 유학하고 온 커플이 맞춰두고 간 디자인인데, 예쁘지 않아요?'

'오, 이태리요? 그렇다면 세련됐겠군요. 우리도 그거로 하지요.'

믿을 수 없는 저급함. 이것이 현실에 실제로 존재했던 대사들이라는 것이, 나를 대상으로 벌어진 일이었다는 것이 한없이 죄스럽다. 여자, 그 어떤 하나의 여자라도 이런 대접을 받을 수 있다는 선례를 남겼다는 죄책감. 그래선 안 되는 것이었는데…

내 잘못이다. 남편의 그런 무례한 태도를, 공부만 한 사람이 반지 디자인이나 감각이 부족했던 탓으로, 그래도 아내 될 사람에게 세련된 디자인의 반지를 주고 싶어 하는 그의 정성으로, 사랑스러움으로, 내가 돌봐주어야 할 연약함으로만 느낀 나의 엄청난 판단 착오이다.

내가 가장 사랑해야 할 나, 나 자신이 받아 마땅한 사랑을 포기하면서까지 내 사랑을 받을 가치가 없는 사람을, 자기 자신만을 게걸스레 채워가며 나를 갉아먹고 있는 사람을 사랑한다고 착각하고 있던 내 잘못이다.

모두 내 과거의 실수다. 그러나 그 한 번의 실수로, 그 과거의 잘못으로, 지금의 내가, 그리고 앞으로의 내가 계속 받아야 할 고통은 부당하다.

나는 이 모순을 깰 것이다.

12. 마지막 비밀

토요일마다 할머니 댁을 방문하는 수현이가 크리스마스를 한 주 앞두고 방문했을 때 내게 하얀 봉투를 내밀었다.

"아빠가 가져다드리래요. 엄마는 이미 알고 계시다고."

청첩장에 정자로 박힌 그 사람의 이름에 가슴이 답답해져 오는 것을 느꼈다. 이렇게 다시 보게 되는 건가?

'양정후와 최서경의 장녀 양미나의 결혼식에 귀한 손님들을 모시고자 하오니…'

그를 다시 만날 기회를 얻었다는 묘한 기대와 공식적인 자리에서 그를 만났던 기억이 가물가물하다는 염려가 동시에 떠올랐다.

"미나가 한국남자를 만난 덕분에 한국에서 결혼식을 하네."

불필요한 설명을 하는 전화기 저편 남편의 목소리가 약간 떨리고 있었다. 최서경과의 관계가 드러난 이상 양미나가 자신의 조카가 된다는 것을 내가 충분히 연상할 수 있었기에 미리 선수를 치겠다는 것이 남편의 계산이었을 것이다.

"꼭 나도 가야 하나요? 당신만 가면 안 되고?"

"무슨 소리야? 형님, 누나 식구들도 다 올 텐데. 게다가 우리 부부하고 그들 부부하고는 따로 만나 식사도 하던 사이인데, 막상 그 딸 결혼식에 안 간다고?"

"수현이도요?"

"그게 자연스럽지 않겠어?"

자연스러움. 다른 사람들이 보기에.

"그렇겠죠. 잠시 지나간 서류상이긴 해도 사촌누나 결혼식이니까."

삐딱한 내 말투에 수현이가 긴장한다. 미안하구나, 아들.

"그냥 부잣집 잔치에 가서 잘 얻어먹고 온다고 생각하라고. 뭐가 그렇게 복잡해? 좀 단순하게 살면 안 돼?"

이 모든 복잡한 상황이 당신, 바로 당신과의 결혼에서부터 시작되었어요. 가장 큰 비밀 덩어리가 모순과 얽혀 나를 이 복잡한 상황으로 밀어 넣어 놓고 이제 와서 단순하기를 주문한다. 그래, 어쩌면 극과 극은 통한다고, 가장 복잡한 줄을 푸는 방법은 가장 단순한 가위인지도 모르지.

"그런데 당신 그 머리색은 그대로야?"

내 노력이 물거품이 되는 건 항상 남편의 지나친 이기심 덕분이다.

"내버려 둬요! 그게 싫으면 내가 안 가면 되잖아."

"아니, 그런 건 아니지만, 거기 가면 일가친척이 다 올 거라서."

"당신 일가친척이 내 머리 색깔 가지고 뭐라고 하든지 난 관심 없어요. 전화 끊을게."

마지막 일가 모임이 될 것이라 결심했다. 다시는 그런 자리에 갈 일 없을 거야!

어쨌든 내가 가려고 하는 이유가 마지막 일가 모임이기 때문이 아니라 그 사람을 만날 수 있는 자리이기 때문이라는 건 스스로에게는 가릴 필요 없는 사실이었다.

당당하고, 아름답고, 멋지게 나타나 주자. 그리고 마지막 일가들과의 인사를 확실하게 해두자. 이민규가 어떻게 이혼했는지, 이민규의 아내가 어떤 세월을 참아왔는지 그들은 사실과 다른 이야기들을 만들어내겠지만, 어차피 상관없다. 마지막 인상으로 확실하게 떳떳하고 우아한 나를 보여주자. 그 사람이 베풀어준 무대 위에서.

작년 12월, 호텔 라운지의 재즈 피아니스트 연주회 때 입었던 아이보리색 투피스를 친정엄마의 옷장에서 꺼낸다.

오렌지색 머리카락은 약간씩 색이 빠지면서 자연스러운 감귤 빛이 되어 있었다. 크리스마스에 어울리는 빛깔. 그 사람이 내 부모님께 감사를 드려야 한다며 칭찬하던 하얀 피부에 이 머리색이 멋들어지게 어울린다는 것을 나도 인정할 수 있었다.

거울 속 내 모습. 목걸이가 반짝인다. 보석상에서 1캐럿이라는 말을 듣고 얼마인지 묻지 않았다. 값을 잘 쳐주겠다는 표정으로 얼마나 받기를 원하느냐고 물으면서 보석상 아저씨가 덧붙인 말에 또렷이 내 눈에도 들어온 두 영문자 I와 N.

"그런데 특별한 선물이었나 보네요? 여기 연결 고리 장식에 이니셜이 있어요."

그건 팔 수도, 버릴 수도 없는 나였다. 그날 나는 결혼반지만 팔아버렸다.

"엄마, 그럼 다음 주는 거기서 봐요?"

다음 날 집으로 떠나면서 수현이가 묻는다.

고3 생활을 앞두고 있지만 대학보다 앞으로 뭘 하고 살고 싶은지 고민하라고 일러두었다. 대학은 언제든 도전해 볼 수 있지만 뭘 하고 살아야 행복한지를 무언가 엉뚱한 일을 하면서 찾아내기란 쉽지 않은 일이다. 내가 그랬듯이.

때로 우리 모두에게는 잠시 쉴 시간이 필요하다. 모든 것을 멈추고 가만히 자기 자신 안을 들여다봐야 할 시간. 나는 수현이에게 그런 시간을 가지라고 부탁했었다.

"그러자. 옷 잘 챙겨 입고 와. 그런 곳에 갈 때 입을 옷에 대한 필요한 정보는 인터넷에서 네가 충분히 찾아볼 수 있을 거야. 처음 만나는 네 사촌 누나 결혼식이고 어른들도 많이 만날 테니, 깔끔하게 수염 깎는 것도 잊지 말고. 아빠도 네가 좀 챙겨드리고."

친정엄마는 예전보다 많이 누워 계시지만 할 수만 있다면 집안일을 하려고 하신다.

"그렇게 입고 가려고?"

꺼내놓은 투피스를 보고 엄마가 묻는다.

"겨울옷으로 이게 제일 정장답잖아요."

"그거 산 게 벌써 언젠데. 옷도 한 벌 안 사 입고 뭐 했니?"

"가정주부가 뭘 사 입어요. 입을 만한 거 한 벌 있으면 됐지."

"그러게 가정주부 하라고 석사 공부까지 시키고 교수한테 보냈냐? 그 공부한 돈 다 모아서 가게 하나 차렸으면 지금쯤 사장님 소리 들으면서 돈 세고 앉았을 텐데."

엄마의 한탄이 또 시작되는구나. 쉽지 않을 줄 짐작했지만 엄마와의 시간이 결코 만만하지만은 않다. 다만 엄마의 남은 시간을 생각하며 그동안만큼은 최대한 좋은 기억만 남겨드리겠다고 결심했다. 사실 나나 엄마 중에서 누구의 남은 시간이 더 짧은지는 아무도 모르는 것이지만 결론은 같은 거니까…

"내 선택이었지, 뭐. 내가 주저앉은 거지, 아무도 나에게 그렇게 살라고 한 적 없었어요. 내 잘못이지. 내가 못나서 그래."

속으로는 절대 그렇게 생각하지 않더라도 그렇게 말함으로써 엄마의 마음이 억울함이나 분노로 더 커지는 것을 막을 수만 있다면 이제는 그렇게 말할 수도 있게 되었다.

"네가 남편 달고, 새끼 달고 어떻게 뛰나? 나는 모르는 줄 아나? 나도 그랬다. 네 아빠 있지, 네 오빠 있지, 너까지 공부한다고 학교생활 길어지는데 내 생활은 꿈도 못 꿨다. 네 아빠 그렇게 간 건 안 됐지만 나 혼자 됐을 때, 솔직히 짐짝 하나 떨어져 나가는 것 같더라. 홀가분했다. 그래서 짝 있던 네 오빠 얼른 보내고, 너도 갑자기 누굴 데려오길래 깊이 생각 안 하고 보내버렸다. 하나씩 하나씩 짐짝이 떨어져 나가는 그 홀가분함을 네가 어떻게 알까… 다시 사는 기분이었다. 다시 살아나는 기분. 드디어 내 생활을 누리는 기분."

그동안 나를 구해주러 오지 않는다고 엄마를 원망했던 것이 한순간 무너져 내리는 산사태처럼 나를 향해 쏟아져, 내 안을 가득 채우고는 다시 밖으로 넘쳐흘러 북받치는 감정이 되었다. 엄마는 어렵게 겨우 얻은 노후의 평안이 깨질까 봐 애써 나를 외면하고 싶었는데, 나는 그 소원마저 들어드리지 못했다.

"나 때문에 오래도록 엄마였어야 했던, 한때 자신만의 꿈을 가졌었던 여자가 누려야 할 마땅한 행복과 사랑을, 내가 지금 와서 다 돌려드릴 수는 없겠지만 앞으로 엄마를 존중할게요. 엄마, 미안해요. 그리고 고마워요."

어디서 튀어나왔는지, 준비된 연설 같은 나의 말에 엄마는 대답하지 않으셨다.

"그 블라우스에 투피스 입으면 목이 좀 휑하다. 이 스카프 해라."

엄마가 내민 스카프는 제법 알려진 상표가 그려져 있는 상자에 담겨있었다.

"너희 그 이 서방인지 뭣인지, 그래도 너희 신혼 때, 한 삼 년은 어디 갔다 오면 이런 거 사 들고 왔었다. 그게 가만 보니 저 어디 어디 다닌 거 자랑하느라 그런다는 거 알고는 선물 같은 거 기쁘지도 않더라. 이건 오래됐지만 뜯지도 않은 거다. 그 이 서방인가 뭣인가, 알고나 있는지 모르겠다. 사다 준 선물 종류가 전부 스카프야. 그거 밖에 살 줄 모르는 건지, 스카프 파는 어떤 여자랑 눈이 맞은 건지."

이런 말씀을 하실 때 엄마는 기력이 펄펄하시다. 같이 누군가의 흉을 보면서 친해진다고 하던가? 더 말하고 싶지도 않은 대상이라는 것도 잊고 나는 엄마의 말투를 따라 남편의 흉을 보기 시작했다.

"그치? 정말 이기적이야. 얼마나 자기밖에 모르냐면, 결혼 십팔 년 동안 설거지한 게 스무 번이 안 돼. 빨래? 세탁기 사용법도 모를걸? 식탁 차리는 거 도와달라고 하면 제 숟가락만 딱 놓고 기다린다니까. 수현이 기저귀 찰 때 한 번 갈아준 적 있는 줄 알아? 애 기저귀 갈면 냄새난다고 방문 닫고 나갔다니까."

"어이구, 빙신아, 왜 그러고 살았어. 누가 너보고 그러고 살래? 공부 시켜 놓으면 똑똑할 줄 알았더니, 이건 순 헛똑똑이었어."

밝은 계란노른자 색 실크 스카프는 아이보리색 투피스에 썩 나쁘지 않았다. 내 머리색을 고려하면 스카프는 튀지 않는 게 나았다. 아마 장모님 드린다고 저런 색을 고른 모양이다. 장모님도 여자라는 걸 전혀 생각하지 못하는 사람이 고를 수 있는 색이었다.

결혼식 날.

신부도 아닌 내가 전날 잠을 설친 건 거의 십 개월 만에 보게 될 그가 어떻게 변했을까 하는 질문 하나 때문이었다.

그동안 나는 우리 만남이 있었던 날짜가 되면 그 시간으로 돌아가 일분 일초를 머릿속에서 재생해보곤 했었다. 몇 월의 만남 일 주년이라는 그 기억들이 남아있어 그래도 일 년을 용케 버텨 왔다. 이제 일주일이 지나 새해가 오면 이 주년이라는 제목으로 같은 기억을 되풀이 재생시켜야 한다. 그렇게 몇 주년까지 버틸 수 있을까? 그리고 오늘의 만남은 어떤 기억으로 남을까?

결혼식장은 아담한 대신 화려했다. 일부러 한 쌍의 결혼식만 진행하는 고급화 전략을 쓰는 곳이었다. 한 쌍의 결혼식이라고 하기엔 지나치게 많은 사람들이 북적인다는 것만 불편했을 뿐 주차부터 움직이는 동선과 건

물 장식의 디테일까지 고르고 고른 그 사람의 안목이 느껴지는 식장이었다.

"엄마, 엄마!"

수현이가 손을 흔들면서 나를 불렀다. 청바지에 어울리는 감청색 재킷을 입고 같은 색의 넥타이를 맨 수현이 옆에 두꺼운 고동색 체크무늬 겨울 양복 정장을 입은 남편이 서 있다. 남편은 검은 구두에 흰 양말을 신고 왔다.

"좋아 보이네."

전화는 가끔 했지만 넉 달 만에 만나면서 남편이 나를 보고 건넨 첫 마디였다.

"이제 나쁠 일은 별로 없어서."

내 대답에 수현이가 주변 눈치를 보았다. 못난 녀석, 남의 눈치 보지 않고 외적인 모습으로 드러내면서 살지 않겠다고 호언장담하던 녀석이.

"들어가요. 손님이 많아서 얼른 자리를 잡아야 할 것 같아."

내가 뻣뻣할수록 수현이가 주변의 눈치를 보겠다 싶어 아무렇지 않게 남편의 팔짱을 끼었다. 남편은 급변한 나의 태도에 어떻게 응대해야 할지 몰라 주춤거리며 내게 끌려 건물 안으로 들어갔다.

"어서 오세요."

식장 문 앞에서 인사하는 그의 모습이 멀찌감치 보였다. 밀려드는 사람들로 계속 허리를 굽히고 인사를 하느라 얼굴은 자세히 볼 수가 없었지만 하나도 변하지 않은 그대로였다. 이상하게도 내 가슴은 뛰지 않았다.

팔짱을 끼고 있는 남편이 그에게 다가가려 해 팔을 느슨하게 놓았다. 처음엔 인사를 하러 다가가려고 시도하던 남편도 한 무더기의 사람들이 더 밀려들자 그저 멀찍이서 목례만 했다. 그가 우리 가족을 보았다.

"우선 들어가자고. 인사는 식이 끝나야 제대로 할 수 있겠어."

날렵한 수현이를 따라 적당한 곳에 자리를 잡을 수 있었다.

예식이 시작되고, 향기로운 백합 향이 가득한 식장 안에 화려한 조명이 내리 쬈다. 눈부시게 하얀 드레스를 입은 저 어여쁜 신부의 손을 잡고 들어오는 중년 신사의 얼굴은 내가 처음 보는 얼굴이었다. 어쩌면 그는 내가 모르는 사람이 아닐까?

우리 만남의 규칙들 중 하나라도 깨면 그 이전의 상태로 돌아간다던 그의 말이 마법의 주문이 되어 지금은 그 모든 만남의 이전 상황으로 돌아간 모양이다.

우아하고 장엄하고도 화려한 결혼식장.

내게도 넉넉한 돈이 있었다면 지금의 상황은 좀 달라졌을까? 남편의 유학 빚 따위 아파트 하나 팔아치워서 갚아주고, 학교 기부금으로 강남의 작은 빌딩 하나 넘겨주면서 남편의 든든한 지원자가 될 수 있었을까? 수현이가 원하는 대로 방학마다 유럽 연합의 국가들을 돌아가며 여행시켜주고, 연말마다 친정엄마와 오빠네 가족들까지 데리고 하와이로 가족여행을 다녀올 수 있었다면, 우리 부부는 지금쯤 행복했을까?

무엇보다 지중해로 가고 싶었을 때 기다리지 않고 지중해로 가는 비행기 표를 구해서 그날 밤이라도 공항으로 달려갈 수 있었다면 무언가 더 기다리지 않고 죽고 싶을 때 바로 죽을 수 있었겠지.

결국 이 시스템에서 능력이 있다는 것은 달아나고 싶을 때 달아날 수 있거나, 혹은 능력 없는 자들은 벼룩이 되어 붙어살아야 하는 것인가? flee거나 flea거나…

물질로 돌아가는 사회를 버텨주는 실질적 기둥이면서도 겉으로는 사랑이라는 애매한 포장지로 둘러싸인 결혼. 사랑하는 이들의 결합이라고 시작되지만 얽히고설킨 일상 속에서 오히려 그 사랑을 잃어가게 되는 결혼의 모순을 둘러싸고 수많은 비밀들이 생겨난다. 하나의 모순과 그 비밀들.

간혹 어쩌다 모순을 극복하는 부부들도 있고, 그리고 그 비밀들 중 어떤 비밀에는 진짜 사랑이 숨어있기도 하겠지. 하지만 대부분의 우리들은 여기, 지금, 진부한 삶 자체다. 지루한 삶…

삶이라는 지루한 이 경주에서 결국 이기는 건 남는 자들이라고 배웠다. 버티는 게 이기는 거다. 그리고 남은 자들이 자기들의 입장에서 쓰는 이야기들이 다음 세대에게, 또 다음 공동체에게 전해진다. 버텨! 버텨야 해! 살아남아! 들러붙어서 떨어지지 마!

우린 그렇게 알았고, 그렇게 살아야 하는 줄만 알고 살아왔다. 다른 것은 생각해보지 않았다. 생각해보지 않았으니, 해보지도 않았고, 해본 일이 없으니 있어 본 적도 없는 많은 꿈들, 소망들, 기대들, 사랑, 사랑들… 그래서 예술가들은 이 세계에서 늘 별종 취급을 당한다.

삶은 계속될 것이다. 그렇게 우리들의 연극도 계속되겠지. 자기의 연기를 계속하는 자가 결국은 무대에 가장 오래 남게 될 것이다. 이 연극을 지속하고자 하는 이들에 의해 무대는 계속될 것이다. 나는 이 연극을 계속 진행할 것인가? 아니면 내 역할은 끝났다고 마지막 대사를 던지며 이 무대를 떠날 것인가?

결혼식이 계속 진행되고 있었다. 수현이는 지루한지 예식 순서지에 낙서를 하고 있었고, 남편은 눈을 감고 있었다.

커다란 화면으로 자기 아버지를 꼭 닮은 신부의 어린 시절 사진과 동영상들이 지나갔다. 순간순간 젊은 그 사람의 모습이 나타났다. 웃고 있거나, 자고 있거나, 노래하고 있거나, 앞치마를 두르고 파이를 꺼내오다가 떨어뜨리거나, 자동차를 선물 받은 딸이 기뻐서 펄쩍펄쩍 뛰는 것을 안아주고 있는 저 사람은 내가 모르는 사람이다.

식이 끝났음을 알리는 사회자의 말이 떨어지자마자 자리에 앉지도 못했던 많은 무리가 먼저 움직이기 시작했다. 너무 일찍 자리에서 일어섰는지, 우리는 앞에서 한동안 식장을 나가는 입구가 막혀 지루하게 기다려야 했다. 빽빽한 무리 가운데서 한 자리에 서 있자니 앞 사람의 옷에서 풍기는 드라이클리닝 냄새에 머리가 띵해졌다.

잠시 뒤 길이 트였는지 무리가 다시 움직이기 시작했다. 그리고 곧 코끝에 지중해의 짭조름하고 비릿한 냄새가 와 닿는다. 근처에 바다가 있었나? 아, 아니구나, 식장 아래층 식당에서 음식 향이 올라온다.

결혼식이 끝나고 벌써 사진 찍기를 마친 사람들도 무리 지어 움직이기 시작했다. 저들까지 합류하면 더 복잡하겠다 싶어 얼른 수현이를 따라 나도 복도로 나왔다. 복도로 나오고 나서야 수현이도 사촌 측에 든다는 생각이 퍼뜩 떠올랐다. 하지만 아무도 수현이를 찾지 않았다. 남편도 나도 서경 씨와 아무 관계없는 사람이라는 것을 단적으로 보여주는 순간이었다. 마치 부자 친척은 인정을 안 하지만 가난한 쪽 친척은 뭐라도 연결고리를 만들고 싶어 하는 질척거리는 비루한 모습. 익숙한 구역질이 난다. 갑작스레 남편의 고동색 체크무늬 양복이 더 촌스럽게 보였다.

식당으로 내려가는 쪽에 그 사람과 그의 아내가 손님들을 안내하면서 인사를 하고 있다. 드디어 마지막 순간이 왔다는 것을 직감하고 최대한 냉정하게 다가가려 했지만, 내민 손을 흔들며 성큼성큼 앞서 나가는 남편을 막을 수는 없었다. 나는 느리게 움직이며 남편과 서너 걸음 차이를 두고 아예 멀찍이 서기로 했다. 이쯤이면 저 사람과 서경 씨의 시선으로부터 자유로울 수 있다. 어른들의 인사가 어색한 수현이는 나보다 한참 옆으로 비켜나가 있었다. 남편과 그가 악수하는 모습이 영사기를 돌리자 천천히 펼쳐지는 화면처럼 눈에 들어왔다.

"이렇게 시간 내어 와 주셔서 감사합니다."

결혼식 중에 마이크를 통해 들었던 음성과 달리 가까이에서 그의 목소리를 들으니 아까까지 반응 없던 심장이 이성의 통제를 벗어나 다시 뛰기 시작한다.

"사모님, 오랜만에 뵙습니다."

내 심장이 뛰기 시작한 것이 먼저였는지, 그의 인사가 먼저였는지 알 수 없었다. 벚꽃처럼 화사하게 차려입은 서경 씨는 그 옆에서 환하게 웃고 있었다.

"네, 반갑습니다."

지목을 받은 이상 인사를 하는 것이 자연스러웠다. 서경 씨의 목소리가 끼어든 건 이때였다.

"사모님, 더 아름다워지셨어요. 어쩜, 머리색이 정말 잘 어울리시는데요?"

최서경. 남편과 일주일에 한 번씩 만나 연구수업을 하는 당신은 내가 당신들의 관계를 알고 있다는 것을 알 텐데 어쩜 그렇게 나를 대하는 태도에 전혀 달라진 것이 없는 거지? 그냥 남편의 학생 역할을 하기로 한 거야? 당신들 세계에서는 그렇게 행동해야 하는 거야? 정해진 대로?

"음, 정말 멋지세요."

예의 그의 나직하고 달콤한 음성. 하지만 이건 그냥 인사일 뿐이야. 이런 공식적인 자리에서, 그것도 자기 딸의 결혼식에서 그가 다른 의미를 담은 말을 내게 던져 얻을 것이 뭐란 말인가?

고개를 든 내 눈에 그의 얼굴이 들어왔다. 그리고 그의 눈이 확대되어 입력되자 나의 뇌는 분석을 시작했다. 그의 눈은 웃고 있었다. 아주 정중한 신사의 눈빛. 그렇다. 그것은 인사였다.

"감사합니다. 양 대표님께서도 그동안 건강히 잘 지내신 것 같네요. 언제 저렇게 따님을 어엿이 다 키우시고, 이렇게 결혼식에까지 초대해주시니 정말 감사해요."

뛰는 가슴과 달리, 머리는 무감각한 상태로 싸구려 연극배우처럼 무미하게 맡겨진 대사를 읊고 있는데, 또 마침 한 무더기의 사람들이 우리 쪽으로 다가왔다.

"세월이 다 하더군요. 아이가 자라서 소녀가 되고, 소녀가 자라서 여자가 되고, 그리고 자기 짝을 찾아 저렇게 떠나네요."

그의 말을 따라 깨어난 나의 무의식에서 흘러나온 대꾸에 나 스스로 화들짝 놀랐다.

"시간은 흐르죠. 메멘토 모리."

안 돼! 이런 말투는 위험해. 내 눈 가득 그의 눈이 들어오는 순간, 서경 씨와 나의 남편이 밀려오는 사람들의 무리에 휩쓸려 우리 둘과 떨어져 서너 걸음 움직였다. 모르는 사람들의 무리에 둘러싸여 그들과 떨어진 그와 나는 짧은 순간 단둘이 마주 보고 있다.

"그리고, 카르페 디엠."

정말 내 귀에 이 소리가 들린 걸까? 찰나를 놓치지 않는 그의 낮은 속삭임이 이 위험한 불꽃을 살려내려 했다. 그의 눈빛은 순간적으로 변했다.

"아름다워요."

그의 시선이 내 목걸이에 닿았지만 곧 서경 씨가 다가왔다. 남편은 아직 사람들 속에서 빠져나올 길을 찾지 못해 허둥거리고 있었다. 다행히 자기 아빠의 모습을 발견한 수현이가 그 손을 끌고 다시 우리 쪽으로 다가왔다.

"와, 사람들이 정말 많군요. 어마어마한 규모네요."

남편의 감탄에 그는 놀라운 속도로 다시 점잖은 혼주의 표정으로 돌아가 있었다.

"요즘은 이렇게 하면 촌스럽다는데, 양쪽 가족이 다 사업을 하다 보니 어쩔 수가 없네요."

사람들은 우리들 옆을 계속 지나가고 있었다. 서경 씨의 우아한 부탁이 그를 움직이는 것을 보는 것은 괴로웠다. 괴롭다니, 왜? 그들은 부부니까 당연한 거야. 그들이 어떤 유대관계를 보이든 나와는 상관없는 일이지. 이런 괴로움은 부당하다. 나는 괴로울 수 없어, 나는 괴롭지 않아.

"교수님 자리를 마련해놨어요. 여보, 당신이 직접 안내해 주시겠어요?"

"그러지. 두 분과 수현이는 제가 모시죠."

"아, 잠시만…"

식당 안쪽으로 들어가던 길에 남편은 어딘가를 향해 움직였다. 어딜 가는 거야? 누굴 만난 건가? 엄마보다는 더 챙겨줘야 하는 아빠를 돌보기로 했는지 수현이도 아빠를 따라간다.

"우선 사모님만 모시죠. 이쪽으로 오세요."

우리 만남에서 모든 것을 완벽하게 준비하고 만들어냈었던, 언제나 마법사였던 그이지만 지금 여기 모인 모든 사람들을 대리석 석상으로 만들어버리고 우리 둘만 살아 움직이는 두 마리 나비가 되게 할 마법까지는 부릴 수 없다는 것이 그도 몹시 고통스럽다는 눈빛이 그 예의 바른 혼주의 표정 뒤로 사라지며 잠시 내 눈빛에 스쳤다.

아니, 그건 나의 환상이다. 여기 이런 자리에서 그런 눈빛으로 나를 본다고? 이 모든 건 환상이다. 나는 차라리 눈을 감았다. 그리고 알아차렸다. 혹시 내가 그를 그렇게 바라보고 있었던 건 아닐까? 우리는 헤어졌다. 우린 그 모든 만남의 이전 상태로 돌아갔어. 이제 우리에겐 아무것도 없고, 그 모든 추억은 오직 나만의 것이야.

다시 눈을 떴을 때 그의 손이 눈앞에서 자리를 권하고 있었다. 내게 의자를 빼주고 앉기를 권하는 그 손끝이 등에 닿았다. 받아들이고 싶지 않았지만 내 등에 닿은 그의 손끝은 여전히 뜨거웠다. 아니야, 이건 착각이라고.

하지만 이성의 외침은 무시한 채 그의 손끝이 깨운 나의 세포들이 다시 불을 켜기 시작했다. 아니, 이 사람은 그 사람이 아니야. 그 사람은 내 환상 속의 아니무스야.

"그럼, 즐거운 시간 보내세요. 와주셔서 다시 한번 감사드립니다."

"네, 감사해요. 축하합니다."

그는 벌써 옆 테이블의 다른 사람과 악수하며 인사를 하고 있었다.

내 시선에 그의 넓은 등이 들어오자, 그것은 열 달 전 갑자기 단절된 연락에 몸서리치게 고통스러웠던 기억이 되어 고개를 쳐들고 나를 노려보았다. 그 고통의 기억을 마주 노려보는 내 눈이 그의 등을 조심스럽게 계속 뒤쫓았다.

이렇게 보고 나면 이제 좀처럼 다시 만날 일은 없을 것이다. 그런 생각이 들자 미칠 것 같이 피가 끓는 느낌이었다. 오늘만이라도, 이 식당에서만이라도, 더 몇 번만이라도 우연을 가장하고 그의 시선을 사로잡으려면 그가 어디로 가는지 살펴보고 있어야 한다. 그의 시선을 잡아야 해. 하지만 사람들이 너무 많다. 다른 손님들과 이어지는 인사를 나누면서 다시 식당 입구로 돌아가는 그의 등에 내 시선을 꽂아놓고 끊어지지 않도록 계속 줄을 늘인다.

어쩌려고? 그와 다시 만나 어쩌려고? 안 돼. 이제 그만둬!

원래 우리의 만남은 내가 먼저 이별을 고하기로 되어 있었어. 하지만 지난번에 난 이별을 고한 것이 아니야. 만약 다시 그를 만난다면 이번에야말로 제대로 그에게 이별을 알려주겠어. 그리고 동시에 깨끗이 떠날 거야. 남편과 그리고 이 사람과.

거짓말! 안 돼, 다시 그를 만나서는 안 돼! 너는 새로운 이나야. 저 사람과도 관계없는. 너는 너만의 지중해를 가진 이나라고. 그리고 그 지중해는 이미 저 남자를 삼켜버렸는걸. 저 사람은 아무도 아니야. nobody.

순간, 번개에 맞은 듯 깨닫는다. 남편의 정년을 기다려 이혼한다고? 왜? 이혼은 복수가 아니야. 이혼은 용서다. 진정한 해방. 완전한 용서. 몇 푼어치 돈이 그 귀한 것을 미룰 이유가 될 수 있을까? 나는 남편을 놓아주어야 한다. 그리고 남편 역시 나를 놓아주어야 한다. 그래야 영원히 저 사람으로부터도 벗어날 수 있어!

아직 내 시선에 잡혀 있던 그는 잠시 자기 앞을 가로막는 손님에게 손을 들고 뭐라고 하는 듯 머뭇거리더니 자신의 전화기를 들여다본다.

"여기 있었네? 올케, 거기 옆자리 비었어? 나도 여기 앉을게."

고모다. 때로 막막한 상황에서는 수다쟁이들이 필요하다. 하지만 나의 막막함은 이 수다쟁이가 도울 수 있는 종류의 것이 아니다.

다만 서류상 인척의 결혼식에서 아직은 시댁 식구인 어떤 이가 옆자리에 앉기를 청할 때 며느리로서 거절하는 방식을 배운 바가 없어 대꾸 없이 가만히 있었다.

고모는 내 옆자리에 앉았다. 아마 내가 거절했더라도 저렇게 아무렇지 않게 털썩 주저앉았을 것이다.

"올케 머리가 왜 그래?"

고모의 질문에 맞는 수준의 답을 찾느라 쓸데없이 에너지를 쓰기보다는 다른 일행에 대해서나 물어봐야겠다.

"고모, 혹시 오시다가 수현이 못 보셨어요?"

"응, 안 그래도 민규가 이리로 가라고 해서 온 거야. 화장실 입구에서 봤어. 수현이랑 민규랑 둘이 같이 있던데? 그나저나 웬 사람들이 이렇게 많아? 대단하네. 서경이 남편 사업이 제법인가 봐?"

사업 얘기로 시작하겠군. 곧 고모부의 주식 얘기가 나올 것이고, 우리 아파트 가격에 대한 질문이 나올 것이다. 내 친정엄마 병의 진척 따원 안중에도 없을 테지. 아니, 알고나 있을까? 앞으로 진행될 그 지겨운 대화들에 매번 대답하지 않아도 되도록 오늘만큼은 최대한 많은 음식을 입에 처넣어야겠다.

바로 그때, 익숙한 알림음이 내 귀에 또렷이 들렸다.

'띠링.'